CW01663801

À nos grands-mères.

Grands-Mères

Les expressions populaires

Par les créateurs de
grands-meres.net

Michel Lafon

Préface

Telle la madeleine de Proust, les expressions populaires nous rappellent nos très chères et tendres grands-mères.

Toutes ces expressions ont traversé les siècles, certaines intactes, d'autres déformées, d'autres encore, enrichies. Bien plus que de simples phrases dénuées de bon sens, ces expressions nous transmettent avant tout une leçon de vie, avec humour ou sérieux, et parfois aussi quelque moquerie. Ces locutions font désormais partie de notre patrimoine culturel, à tel point qu'elles sont employées par tous sans que l'on en connaisse l'origine, la réelle signification, les allusions... parfois même sans savoir le pourquoi du comment de leur existence !

Né d'une chronique quotidienne sur notre site internet, grands-meres.net, cet ouvrage veut apporter à chacun d'entre nous un peu de savoir, de la bonne humeur, et surtout rendre hommage à la créativité linguistique de nos aïeules.

Bonne lecture, et régalez-vous !

Cyril Verglas

Sommaire

LES OUBLIÉES (OU PRESQUE)

LES JOLIMENT SURANNÉES

LES INDÉMODABLES

LES VINTAGES (MAIS TENDANCE !)

LES FAMILIÈRES

LES ARGOTIQUES

Les oubliées (ou presque)

À BON CHAT, BON RAT

L'expression « à bon chat, bon rat » désigne des adversaires de force égale.

Elle fut largement employée dès les XVIe et XVIIe siècles sous la forme suivante : « bon assailleur, bon défendeur », et ce dans le cas où les adversaires, au cours d'un combat ou d'un conflit guerrier, présentaient des forces égales. Le combat était donc équitable, car les deux parties avaient les mêmes atouts.

Dans cette expression, le chat représente le chasseur pour échapper aux griffes duquel le rat devra user de ruse et d'habileté. Ainsi, il sera amené à développer une aptitude certaine à éviter de se faire attraper, et l'élève un jour égalera le maître.

La fable de La Fontaine intitulée *Le Chat et un vieux rat* démontre la nécessité d'user de prudence pour déjouer la ruse. L'auteur conclut son histoire en parlant ainsi du rat : « Il était expérimenté / Et savait que la méfiance / Est mère de la sûreté. »

À LA MODE DE BRETAGNE

Cette expression quelque peu surannée servait à qualifier des parents très éloignés à qui l'on attribuait pourtant le titre de parents proches.

Puis elle a évolué et qualifie aujourd'hui un membre de la famille ou un ami avec lequel le lien est distant.

Comme on peut s'y attendre, cette expression trouve son origine en Bretagne. Dans cette région, les relations entre les membres d'une même famille ont toujours été fortes. Les habitants prirent ainsi par le passé l'habitude de nommer « cousins » des gens de leur famille avec lesquels le lien de parenté était en fait plus éloigné. Par exemple, un neveu « à la mode de Bretagne » pouvait être le fils d'un cousin germain.

Cette expression s'applique également aux choses, dès lors que l'on souhaite signifier que de la distance les sépare.

AU DIABLE VAUVERT

Un lieu qui se trouve « au diable vauvert » est très éloigné.

Il existe plusieurs hypothèses quant à son origine. Selon la première, il s'agit d'une référence au château de Vauvert, érigé au XIe siècle dans un vallon au sud de Paris par le roi Robert le Pieux, désireux de séjourner à la campagne. Les lieux furent ensuite abandonnés puis, dit-on, habités par Philippe Auguste après son excommunication, et ils étaient réputés hantés. Le peuple pensait que des démons s'y trouvaient et que le diable en personne devait en faire partie – une croyance accréditée par le vacarme que produisait le vent s'engouffrant dans les carrières situées à proximité. Pour désensorceler les lieux, Saint Louis en fit don aux Chartreux en 1257. S'y rendre, aller « au diable vauvert », consistait donc à entreprendre un périlleux voyage.

Selon une autre hypothèse, il s'agirait d'une référence à la cité de Vauvert, dans le sud de la France, ville-étape sur la route du pèlerinage de Saint-Jacques-de-Compostelle. Des scènes de la Bible y étaient jouées pour les pèlerins, et le diable était souvent représenté.

AVOIR DU FOIN DANS SES BOTTES

« Avoir du foin dans ses bottes » signifie « être à l'aise financièrement ».

L'expression s'applique surtout à des personnes d'origine modeste qui ont réussi à atteindre un certain niveau de vie. Elle est vraisemblablement le résultat de différents usages et significations cumulés.

Dès le Moyen Âge, les paysans avaient pour habitude de fourrer leurs sabots avec de la paille pour se protéger du froid. Ceux qui portaient non pas de vulgaires sabots mais des bottes étaient bien mieux lotis. Et ceux qui pouvaient de surcroît y mettre du foin plutôt que de la paille s'autorisaient un plus grand confort encore.

Au XVIIe siècle, Furetière utilisait déjà l'expression « il a bien mis de la paille dans ses souliers » pour indiquer qu'une personne était riche.

Le mot « botte » peut aussi désigner une meule de foin. En posséder une a longtemps signifié, là encore, que l'on avait de l'argent.

COINCER LA BULLE

« Coincer la bulle » consiste à ne rien faire.

Datée du xxe siècle, cette expression vit le jour dans le domaine militaire. Au cours d'exercices de tir de mortier à l'École militaire de Saint-Cyr, les soldats devaient s'assurer que cette arme était parfaitement à l'horizontale.

Pour vérifier que tel était le cas, ils utilisaient un niveau, cet instrument de maçonnerie qui présente en son centre un petit réservoir de liquide et une bulle d'air coincée à l'intérieur. Quand la bulle est au milieu, exactement entre les deux marques, cela signifie que le support sur lequel le niveau se trouve est bien à l'horizontale.

Une fois que les artilleurs avaient constaté que tel était le cas sur le niveau posé sur l'arme, ils avaient « coincé la bulle » et n'avaient plus qu'à attendre les instructions.

Cette marque de passivité fut ensuite reprise dans le langage courant.

COUP DE JARNAC

Le coup de Jarnac est un coup porté de façon inattendue. L'expression revêt une connotation négative, teintée de déloyauté.

Il s'agit d'une référence directe à un duel resté célèbre. Le 10 juillet 1547, une affaire d'honneur conjugal oppose le seigneur de Jarnac, Guy Chabot de Saint-Gelais, au futur roi Henri II, successeur de François Ier. Le sire de La Châtaigneraie, François de Vivonne, est alors désigné pour représenter le roi. Il est le grand favori. La cour du roi assiste au duel au château de Saint-Germain-en-Laye.

Mais contre toute attente, grâce à une botte secrète, un coup très habile effectué avec le revers de son épée, le seigneur de Jarnac remporte le duel, tuant son adversaire. Cette botte pourtant inhabituelle est estimée loyale. En conséquence, le roi reconnaît la victoire de Jarnac. Pourtant, à partir du XVIIIe siècle le coup de Jarnac devient celui qui est donné par traîtrise.

« Jarnac (coup de) :
S'indigner contre ce coup qui, du reste, était fort loyal. »

Gustave Flaubert, *Dictionnaire des idées reçues* (1913)

CRACHER AU BASSINET

« Cracher au bassinet » signifie « payer à contrecœur ».

Cette expression naît au XVIe siècle. Le bassinet était le petit récipient à aumône utilisé pendant les cérémonies religieuses. Plus simplement, c'était le panier servant à recueillir l'argent lors de la quête à la fin de la messe. Chez certains, cette participation financière suscitait un enthousiasme tout relatif.

Quant à expliquer l'emploi du verbe « cracher », certains soulignent qu'au XIXe siècle, date d'apparition de l'expression dans sa forme définitive, celui qui « crache au bassinet » a autant de mal à déposer son argent dans le panier qu'un malade à libérer ses voies respiratoires. Mais si l'image semble satisfaisante, elle serait erronée. En réalité, dès le XVe siècle, « cracher » signifie « parler » en argot. Puis le terme prend le sens d'« avouer sous la contrainte », pour enfin signifier « payer »... mais de façon aussi douloureuse que si on devait admettre une faute.

DANSER DEVANT LE BUFFET

« Danser devant le buffet » signifie « ne rien avoir à manger ».

L'origine de cette expression remonte au XVIe siècle. Le buffet dont il s'agit est le meuble qui se trouvait alors dans les cuisines. S'il était vide, on ne pouvait pas s'alimenter. Dans une telle situation, on peut concevoir qu'on ait eu envie de pleurer devant le buffet, ou encore que l'on s'y sente mal, mais pourquoi donc « danser » ?

Cela s'explique par un jeu sur les mots. Pierre Guiraud démontre ainsi qu'à cette époque, le verbe « fringaler » était synonyme de « danser ». Il était le mélange de « fringuer », signifiant « sauter », et de « galer », « se réjouir ». Or une « fringale » est une faim pressante ! Dès lors, si on ne peut assouvir sa faim devant un buffet désespérément dégarni, on peut se mettre à « fringaler », c'est-à-dire à danser.

Aujourd'hui, on trouve comme unique survivance à cet illustre « fringaler » les mots « fringant » et, bien sûr, « fringale » !

DE CHARYBDE EN SCYLLA

Aller ou tomber « de Charybde en Scylla » signifie depuis le XIVe siècle « n'éviter un mal ou un danger que pour en rencontrer un autre de plus grande ampleur ». Autrement dit, aller de mal en pis.

Dans la mythologie grecque, Charybde et Scylla sont deux monstres marins se trouvant en mer Méditerranée, dans la zone du détroit de Messine qui sépare la péninsule italienne de la Sicile.

Charybde est un tourbillon, tandis que Scylla est un écueil. Ils sont mentionnés dans *L'Odyssée* quand Circé décrit à Ulysse la route à suivre. Ces deux dangers menacent donc également les marins ! Ceux qui cherchent à éviter le premier périssent immanquablement en s'écrasant sur le second. Ulysse lui-même y perdit six de ses marins.

Aujourd'hui encore, ce détroit constitue un réel danger pour les navigateurs, en raison des puissants courants qui le traversent.

DORMIR COMME UN SABOT

« Dormir comme un sabot » consiste à dormir profondément.

La référence au sabot, entendu comme une chaussure faite d'un seul morceau de bois évidé, semble fondée. Pourtant, comme pour beaucoup d'expressions françaises qui paraissent simples à expliquer, elle est erronée.

Le « sabot » dont il s'agit ici était au XIe siècle une toupie en bois que les enfants s'amusaient à faire tourner en actionnant une lanière ou qu'ils lançaient au fouet. Si le geste était correctement réalisé, la toupie tournait sur elle-même, semblant immobile, dans un mouvement qui paraissait sans fin, tout en émettant une sorte de bruit continu de basse intensité, une légère vibration semblable à un doux ronflement.

Des esprits fertiles ont ainsi fait le rapprochement avec le sommeil et ont forgé l'expression « dormir comme un sabot » pour qualifier le fait de dormir profondément, sans bouger, comme l'illusion donnée par la toupie qui, paradoxalement, tourne frénétiquement.

ENVOYER À DACHE

« Envoyer quelqu'un à dache », c'est s'en débarrasser, ou encore l'envoyer promener.

On pourrait même traduire l'expression par « envoyer au diable », ce qui serait tout à fait pertinent puisque, justement, le diable n'y est pas étranger.

Le « dache » de cette expression, qui date de 1866, est en effet une altération de « diache », venant de « diable », qui fut en particulier utilisé dans le nord de la France, où il faisait partie de l'argot courant des ouvriers du XIXe siècle.

On retrouve l'usage de cette expression familière chez de nombreux écrivains, parmi lesquels Louis-Ferdinand Céline ou Paul de Sémant.

À noter que « diable » a aussi donné lieu à l'altération aujourd'hui peu usitée : « diantre ».

FAIRE DU BRUIT DANS LANDERNEAU

Quand une information est abondamment commentée, on dit dans le langage populaire qu'elle « fait du bruit dans Landerneau ».

Sans que l'origine de l'expression soit connue avec certitude, elle apparut au moins au XVIIIe siècle grâce à la pièce de théâtre *Les Héritiers ou le Naufrage*, de l'académicien Alexandre Duval, qui avait pour décor le village de Landerneau, dans le Finistère. Un marin dont le bateau a fait naufrage et que tous croyaient mort revient dans son village alors que sa famille se dispute déjà sa succession. Un domestique, mis au courant du retour de l'officier, s'exclame alors : « Oh le bon tour ! Je ne dirai rien, mais cela fera du bruit dans Landerneau ! »

Une fois la pièce jouée à Paris, l'expression fut reprise partout en France. Dès lors, Landerneau prit le sens plus général de microcosme, de milieu particulier. On parle ainsi de « Landerneau médiatique ».

« Mais enfin il ne faut tout de même pas nous la faire à l'oseille, il est bien certain que les charmantes opinions de monsieur mon neveu peuvent faire assez de bruit dans Landerneau. »

Marcel Proust, *Le Côté des Guermantes* (1920)

FRANCHIR LE RUBICON

« Franchir le Rubicon » consiste à franchir une étape décisive et souvent irréversible. Il s'agit de prendre un chemin et d'assumer les conséquences de ce choix risqué.

Cette expression fait directement référence à la révolte de César contre Rome. À cette époque, le Rubicon était un cours d'eau qui marquait la frontière entre la Gaule et l'Italie romaine. Soucieux d'assurer la sécurité de Rome, le Sénat romain avait interdit aux troupes armées de passer le Rubicon. Aussi, quand Jules César se trouva devant le Rubicon, aurait-il dû déposer les armes. Mais il n'en fit rien ! Il désobéit, viola la loi du Sénat romain et traversa le Rubicon avec ses légions en armes le 10 ou le 12 janvier 49 avant Jésus-Christ.

À cette occasion, il aurait prononcé la célèbre locution latine « *Alea jacta est* », signifiant « le sort en est jeté ».

LAISSER LE CHAT ALLER AU FROMAGE

Cette expression est certes quelque peu oubliée de nos jours, mais elle a bien eu cours.

On en trouve les premières traces au XVIe siècle. Des interrogations persistent sur le choix de l'animal. En effet, ce sont plutôt les souris ou les rats qui s'intéressent traditionnellement au fromage, non pas les chats. Mais s'il s'agit d'un chat et non d'un rongeur, c'est en référence au sexe féminin.

Quant au fromage, il est le symbole même de la tentation. Déjà dans la fable de La Fontaine *Le Corbeau et le Renard*, le fromage est la proie tant convoitée par les deux animaux : « Maître Corbeau, sur un arbre perché, tenait en son bec un fromage. / Maître Renard, par l'odeur alléché… »

Cette expression s'applique aussi à une jeune fille qui cède aux avances d'un homme avant le mariage. Elle exprime donc l'idée traditionnellement contraire à la morale de l'époque, à savoir de consommer l'union avant sa célébration.

LA NOBLESSE A LE « SANG BLEU »

L'expression « sang bleu » ne fait aucunement référence à la qualité du sang. Elle est liée à la noblesse.

Sous l'Ancien Régime, en particulier dans les cours des royaumes d'Europe, il était de bon ton d'arborer une peau claire et translucide. Les veines, de couleur bleue donc, devaient être le plus visibles possible.

Pour parvenir à un tel résultat, il convenait d'éviter à tout prix le soleil et de se confiner à l'intérieur.

Cette obsession pour les veines bleues apparentes était motivée par des considérations esthétiques mais aussi sociales ; elle fut donc reprise par la bourgeoisie comme signe distinctif. Avoir la peau bronzée signait l'appartenance à une classe « inférieure ». Les plus pauvres, ceux qui effectuaient des travaux manuels dans les champs, ne pouvaient en effet présenter une carnation pâle.

Bien que cette mode fût abandonnée au milieu du XIXe siècle, l'expression « de sang bleu » vit étonnamment le jour à la même époque pour désigner la noblesse.

METTRE SOUS LE BOISSEAU

Mettre sous le boisseau consiste à garder un secret, cacher la vérité. On a souvent recours à cette expression s'agissant de secrets qui devraient être divulgués.

On la trouve à plusieurs reprises dans l'Évangile, dont ce passage dans Matthieu (V, v. 15) : « Et l'on n'allume point une lampe pour la mettre sous le boisseau ; mais on la met sur un chandelier, afin qu'elle éclaire tous ceux qui sont dans la maison. » « Mettre sous le boisseau » a dès l'origine le sens de « cacher la vérité aux hommes », alors qu'au contraire l'injonction de l'Évangile est de la dévoiler pour faire surgir la lumière.

Mais qu'est-ce qu'un boisseau ? Il semblerait qu'il s'agisse d'un récipient destiné à mesurer son contenu, comme des céréales. Retourner le boisseau, creux quand il est vide, sur un objet quelconque permet donc de le dissimuler. Pour saisir la métaphore, il convient simplement de remplacer l'objet par une réalité !

PAYER LES VIOLONS

« Payer les violons » est une façon ironique de dire qu'une personne fait les frais d'une situation, alors qu'un tiers en récolte tous les bénéfices.

Cette expression trouve son origine dans la locution latine « *Delirant reges, plectuntut archivi* », dont la traduction littérale est : « Les grands font des fautes et le peuple en porte la peine. »

Molière l'utilise dans sa pièce *La Comtesse d'Escarbagnas*. Dans la scène VIII, un des personnages dit : « Je ne sais de quelle façon M. Tibaudier a été avec vous, mais M. Tibaudier n'est pas un exemple pour moi, et je ne suis point d'humeur à payer les violons pour faire danser les autres. »

La tradition à l'époque consistait à donner des sérénades sous le balcon de la belle à conquérir. Or il arrivait bien sûr que celui qui payait les violons ne soit pas récompensé !

TENIR LA CORDE

Tenir la corde consiste à être en bonne position vis-à-vis des autres, maintenir un bon rythme et être en passe de gagner.

Cette expression assez récente peut s'utiliser au sens propre, lors d'une course par exemple, comme au figuré. Dans ce dernier cas, elle signifie « avoir l'avantage sur ses concurrents », par exemple lors de l'attribution d'un marché.

Cette locution puise son origine dans le milieu des courses hippiques au XIXe siècle. À cette époque, l'intérieur du champ de courses était délimité par une corde. Pendant la course, le cheval qui réussissait à se placer au plus près de celle-ci avait un avantage certain, puisqu'il avait à couvrir moins de distance que ses concurrents. Favorisé, il avait donc plus de chances de gagner.

Plus tard, l'expression fut utilisée pour les courses de voitures puis, finalement, au début du XXe siècle au figuré, dans tous types d'activités.

TIRER À BOULETS ROUGES

« Tirer à boulets rouges » consiste à critiquer de façon virulente quelqu'un ou quelque chose. Ces reproches ont un tel degré de violence et sont si nombreux que toute défense est rendue difficile.

On doit cette expression à Frédéric-Guillaume Ier, roi de Prusse. Au XVIIIe siècle, celui-ci, voulant augmenter la puissance et l'efficacité des canons de son armée, fit chauffer les boulets avant de les utiliser contre les troupes ennemies.

Le résultat fut à la hauteur de ses espérances : les boulets, devenus rouges après avoir été passés dans la forge, étaient envoyés à une cadence soutenue. Ils causaient non seulement des dégâts en raison de leur poids, mais aussi des incendies dus à leur incandescence. L'extinction des feux mobilisait alors une partie des combattants, affaiblissant les troupes. Cette technique se révélait aussi très efficace en mer, car elle provoquait le feu à bord des navires, d'où il était difficile de s'échapper.

Devant le succès de cette tactique, l'usage de cette expression au sens figuré se fit dès la fin du XVIIIe siècle.

TOMBER EN QUENOUILLE

« Tomber en quenouille » signifie
« être laissé à l'abandon, perdre de sa valeur ».

L'origine de cette expression est marquée par une certaine misogynie. La quenouille était un outil utilisé autrefois par les dames pour maintenir le textile à filer. Progressivement, on a désigné les femmes par ce terme, car elles seules se servaient de quenouilles. Dès le XVIe siècle, on disait que quelque chose, généralement un bien immobilier, était « tombé en quenouille » quand par succession il était devenu la propriété d'une femme. Mais l'expression était péjorative : on voulait alors signifier que le bien était bien mal tombé puisqu'il était entré en possession d'une personne du sexe dit faible, qui allait forcément faire dépérir la propriété.

La maxime s'appliqua également au royaume de France, qui ne pouvait en aucun cas échoir aux femmes.

L'expression s'applique aujourd'hui à tout type de bien qui aurait perdu de sa valeur, et elle a conservé son caractère péjoratif. En revanche, la référence ouvertement misogyne s'est fort heureusement atténuée… avec la disparition progressive des quenouilles.

« C'est terrible, un homme qui tombe en quenouille. »

André Maurois, *Bernard Quesnay* (1926)

TOURNER CASAQUE

« Tourner casaque » consiste à changer soudainement d'opinion ou de parti, et souvent de façon intéressée. Cette expression exprime la même idée que « retourner sa veste », apparu plus tardivement.

Son origine, que Gilles Henry relate dans son *Petit Dictionnaire des expressions nées de l'Histoire*, remonte au XVIIe siècle. Charles-Emmanuel Ier de Savoie, duc de Savoie et prince de Piémont, passait des alliances changeantes et contradictoires en fonction de ses propres intérêts, tantôt avec la France, tantôt avec l'Espagne. Or il portait une casaque, c'est-à-dire un manteau ample à manches longues sur son armure, comme c'était la coutume chez certains hommes d'armes, tels les cavaliers, et notamment les mousquetaires.

Mais sa casaque avait une particularité : elle était bicolore, blanche d'un côté, en référence à la monarchie française, et rouge de l'autre, en référence à l'Espagne. Pour signifier son allégeance à l'une ou à l'autre partie, il tournait simplement casaque !

« Il y a des gens qui disent qu'il tournera casaque, et qu'il vous aimera au lieu d'aimer l'Évêque. »

Madame de Sévigné, *Lettres* (1673)

UNE VIE DE BÂTON DE CHAISE

Quand on a une existence agitée, désordonnée, on dit que l'on mène « une vie de bâton de chaise ».

L'expression a une origine incertaine, en général expliquée de la façon suivante : les bâtons de chaise étaient les pieds des chaises à porteurs sous l'Ancien Régime, qui se présentaient sous la forme de deux barres parallèles latérales et servaient à porter la chaise et son passager.

Or, pour déplacer le tout, il fallait fréquemment manipuler ces bâtons, qui « avaient la vie dure », car ils étaient sans cesse soulevés, tirés, courbés... Par analogie, on les évoqua pour décrire une vie chaotique à l'activité constante.

L'expression date de la fin du XIXe siècle, époque à laquelle les chaises à porteurs avaient déjà disparu puisqu'elles furent utilisées aux XVIIe et XVIIIe siècles. Mais de nombreux spectacles relataient alors la vie d'autrefois, donnant une actualité à ce mode de déplacement — d'où la référence anachronique aux bâtons de chaise.

Les jolimente surannées

À LA SAINT-GLINGLIN

Ce qui doit avoir lieu « à la Saint-Glinglin » n'arrive jamais.

Il s'agit en effet d'un jour fictif auquel il est fait référence pour fixer à une date éloignée et indéterminée la réalisation d'un événement.

Apparue à la fin du XIXe siècle, l'expression utilise le mot « saint » par déformation de « seing », du latin *signum*, « signature ». Mais en ancien français, ce mot désignait une cloche.

Quant au sens de « glinglin », deux hypothèses coexistent. Pour certains linguistes, il s'agit du doublement de l'onomatopée « glin », le son produit par les cloches. Pour d'autres, « glinglin » viendrait du verbe « glinguer », signifiant « sonner ».

Donc, dans les deux cas, « à la Saint-Glinglin » signifie « quand les cloches sonneront ». Le problème est que nul ne sait de quelles cloches il s'agit ! Et quand sonneront-elles ? Peut-être « quand les poules auront des dents » !

À LA SIX-QUATRE-DEUX

Quand une tâche est réalisée « à la six-quatre-deux », elle est bâclée, faite à la va-vite.

Cette expression remonte au milieu du XIXe siècle, mais son origine reste énigmatique.

Selon certains auteurs, cette énumération de chiffres correspondrait à la dénomination d'un jeu de hasard. Par extension, toute chose réalisée sur le même mode, c'est-à-dire aléatoirement, le serait de façon rapide et sans soin.

Selon une autre explication, cette expression trouverait sa source en peinture, où la représentation superposée des trois chiffres permettrait de dessiner un visage de façon très sommaire, donc approximative.

Enfin, certains affirment que l'origine de l'expression est à trouver dans le vocabulaire musical. Une mesure à « six-quatre » y est en effet une mesure rapide à deux temps. On retrouve l'idée de précipitation et, par extension, d'absence de souci du travail bien fait…

AU GRAND DAM

« Au grand dam » veut dire « au désavantage ou au détriment de quelqu'un ».

Aucune référence n'y est faite aux dames. Le mot « dam » est très ancien. Il est apparu en 842 et vient du latin *damnum*, utilisé à l'époque dans le domaine juridique pour signifier « dommage ». Il évolua vers « damage » au XIe siècle, avant de devenir « domage », puis son orthographe se fixa définitivement sur « dommage ». « Au grand dam », c'est donc « au grand dommage ».

Le terme « dam » n'a perduré que dans cette expression. Cependant, le dam reste la peine majeure en enfer, le châtiment des damnés. On parle de la « peine du dam », qui consiste dans la perte pour toujours de la vision béatifique de Dieu. Saint Thomas disait à son propos : « La peine du damné est infinie, parce qu'il y a pour lui perte d'un bien infini. »

AU FOUR ET AU MOULIN

Le plus souvent à la forme négative, cette expression signifie « ne pas pouvoir être partout en même temps, être dans l'incapacité d'exécuter plusieurs tâches à la fois ».

Elle est apparue à l'époque féodale, quand les paysans utilisaient le moulin et le four du seigneur pour faire leur pain, contre paiement d'une redevance « sur fours, moulins et pressoirs », taxe qui fut abolie après la Révolution par l'Assemblée constituante, le 15 mars 1790.

Les deux tâches, moudre le grain dans le moulin puis faire cuire le pain dans le four, devaient être exécutées successivement. Il était impossible de les réaliser en même temps, donc d'être en même temps au four et au moulin !

Malgré la transmission strictement orale de cette expression, on sait aujourd'hui qu'elle est entrée dans le langage courant au XVIIe siècle.

AVOIR DU TOUPET

« Avoir du toupet » consiste à avoir du culot, réaliser des actes que le commun des mortels n'ose pas accomplir.

Cette expression date du XVIe siècle et trouve son origine en Italie.

À cette époque, les seigneurs pouvaient faire appel à des *bravi*, que l'on peut assimiler à des tueurs à gages, dans le but d'éliminer des opposants. En raison du caractère dangereux de leurs actions, ceux-ci ne souhaitaient pas être reconnus. Aussi, pour commettre leurs forfaits, se cachaient-ils derrière une longue mèche de cheveux appelée « toupet ». Ils pouvaient soit la laisser retomber sur leur visage pour dissimuler leur identité, soit la maintenir sous un chapeau quand ils n'étaient pas en mission. De plus, ils arboraient souvent une barbe fournie.

La pratique de dissimulation de ces assassins resta célèbre et franchit la frontière française, où l'expression « avoir du toupet » s'utilisa en référence à l'audace des *bravi*. Aujourd'hui, elle évoque toujours l'audace, sans pour autant que celle-ci soit négative ou dangereuse...

AVOIR UNE MINE DE PAPIER MÂCHÉ

Celui qui « a une mine de papier mâché » présente un visage pâle, fatigué, voire flétri et maladif.

Cette expression remonte au milieu du XIXe siècle, même si le papier mâché fut inventé bien plus tôt. On trouve déjà ce matériau, mélange de papier mouillé, de plâtre, de colle et d'eau à la texture granuleuse et la teinte blanchâtre, en Chine au VIIIe siècle.

Un Anglais nommé Henry Clay déposa à la fin du XVIIIe siècle un brevet pour une formule de papier mâché ; celui-ci était utilisé principalement pour réaliser de petits objets ou des meubles, mais on y eut également recours pour fabriquer des poupées avant l'invention du plastique. À voir ces figurines, on comprend pourquoi « une mine de papier mâché » est une excellente métaphore de la fatigue physique ou morale : les visages de ces poupées présentent tous des traits tirés dus à l'évaporation de l'eau qui laissait le papier et le plâtre tout secs et plissés.

BATTRE LA CAMPAGNE

Au sens figuré, « battre la campagne » signifie « divaguer, avoir l'esprit ailleurs », ou encore « déraisonner ».

Mais l'expression a longtemps été employée au sens propre, ce qui permet d'ailleurs d'en comprendre l'origine. Dans le langage militaire ou de la chasse, « battre » un terrain consiste à se rendre sur les positions ennemies ou sur le territoire d'un animal, afin de se faire une meilleure idée des lieux. Pour cela, il faut le plus souvent parcourir de longues distances, sans objectif précis.

Ainsi, l'expression renvoie à cette marche incertaine et sans contrainte, et l'applique à l'esprit : celui qui « bat la campagne » laisse ses pensées vagabonder, sans but et sans réfléchir logiquement.

Par ailleurs, la référence à la campagne, dans l'imaginaire collectif, accroît le caractère libre des pensées, la nature étant un lieu où l'esprit peut plus facilement se libérer des tracasseries liées au travail.

BATTRE LA CHAMADE

Avoir le cœur qui bat la chamade, c'est ressentir une vive émotion. Si « battre la chamade » est souvent utilisé dans un contexte amoureux, cette expression est paradoxalement née dans le langage militaire.

Au XVIIIe siècle, la chamade était un signal sonore, un roulement de tambour émis sur le champ de bataille par un des camps engagés dans le conflit, afin de signifier à l'ennemi sa volonté de capituler ou d'obtenir une trêve pour entrer en négociations, par exemple. Parfois, le vacarme des combats était tel qu'il masquait la chamade : on y adjoignait alors un signal visuel, à savoir le drapeau blanc.

Dans le domaine sentimental, le cœur, comme autrefois le tambour, peut s'emballer, et son rythme s'accélérer en raison d'une forte émotion. Et tout comme le soldat, l'amoureux peut être amené à se rendre, à baisser les armes face à l'élu(e) de son cœur...

*« Ils battirent tout à coup la chamade
et demandèrent à capituler. »*

Racine, *Relation de ce qui s'est passé au siège de Namur* (1692)

*« Son pauvre petit cœur se mit à battre la chamade
dans la forteresse de son corsage… »*

Théophile Gautier, *Le Capitaine Fracasse* (1863)

BAYER AUX CORNEILLES

« Bayer aux corneilles » signifie depuis le XVIe siècle « ne rien faire d'utile, regarder futilement en l'air », tel un oisif.

Le verbe « bayer » est à distinguer de « bâiller ». Il signifie « être bouche bée, rester la bouche ouverte ».

Quant au terme « corneille », à l'époque de l'apparition de cette expression, il est employé pour désigner une chose anodine, négligeable. On disait par exemple « voler pour corneille » pour indiquer d'une chasse qu'elle portait sur un gibier de médiocre qualité. « Corneilles » vient donc de façon presque redondante doubler l'idée d'absence d'importance et donner à l'expression la signification littérale suivante : « rester bouche bée devant une chose de très peu d'intérêt ».

Mais plutôt que les corneilles, gageons que certains préféreront toujours regarder les mouches voler !

BELLE LURETTE

« Belle lurette » signifie « bien longtemps ». On peut ainsi dire « il y a belle lurette que je n'ai pas bu de vin ».

Il s'agit d'une déformation de « belle hurette », une expression originaire de Bourgogne qui signifiait « belle petite heure », comprise comme un euphémisme. Par une « petite heure », il fallait comprendre « très longtemps » ! Un peu comme dans l'expression « un sacré bout de temps » où le « bout de temps » est démultiplié par l'adjectif « sacré », l'emploi de l'adjectif « belle » accentue ici la notion de durée.

Or si le mot « lurette » a trouvé sa place dans le dictionnaire, il n'existe nulle part ailleurs que dans cette expression !

Pour certains, on en trouverait la première trace en 1877. Mais Jean Maillet note qu'elle apparaît dans la scène IX d'une comédie-vaudeville en 1841, *Un monsieur et une dame*, de Xavier, Duvert et Lauzanne : « Et prêt à partir avec mon nourrisson qui l'a retenu il y a belle lurette ! »

LA BÊTE À BON DIEU

« Bête à bon Dieu » est le nom populaire donné à la coccinelle.

Ce surnom date du Moyen Âge. Selon une légende, un homme accusé à tort d'un crime était sur le point d'être décapité. Mais alors que la sentence allait être exécutée, une coccinelle se posa sur son cou. Malgré les efforts du bourreau pour s'en débarrasser, l'insecte resta en place. On dit que le roi Robert II le Pieux, qui assistait à l'exécution, vit dans l'entêtement de la coccinelle un signe divin. Il décida de gracier le condamné.

Mais certains préfèrent retenir pour origine de l'expression le travail bénéfique effectué par la coccinelle et ses larves dans la lutte contre les pucerons dans les jardins. Ce travail naturel ne demandant aucun effort, il ne peut être que « divin » !

C'EST BYZANCE !

« C'est Byzance ! » signifie « C'est luxueux ! ». Cette expression, qui souligne l'opulence, la beauté d'un lieu ou d'une situation, date du XIXe siècle.

Il s'agit d'une référence directe à la prospérité et à la richesse d'antan de la ville de Byzance, située sur le Bosphore et fondée vers 600 avant Jésus-Christ. Cette cité fut rebaptisée Constantinople par celui qui en fit la capitale de l'Empire romain en 330 après Jésus-Christ, Constantin Ier. Bien plus tard, en 1930, elle devint Istanbul.

Même si l'expression semble logique compte tenu des richesses de l'ancienne cité, selon certaines interprétations, on doit sa popularisation à une réplique d'une pièce de théâtre dans laquelle un des comédiens s'exclamait : « Quel luxe ! Quel stupre ! Mais c'est Byzance ! »

L'expression a en tout cas traversé les siècles pour trouver sa place dans la culture moderne.

CONTER FLEURETTE

L'expression quelque peu désuète « conter fleurette » signifie « tenter de séduire par les mots, faire la cour ».

Plusieurs hypothèses existent quant à son origine. Au XIIe siècle, le terme « florette » désignait une petite fleur. L'expression viendrait ainsi de la pratique consistant à dire à voix haute les mots que l'on écrivait par le passé sur du papier décoré de petites fleurs.

Mais au XVIe siècle, le verbe « fleuretter » signifiait « mentir », et « fleurette », « baliverne et bagatelle ». À l'époque comme de nos jours, les mots doux, sans être de purs mensonges, pouvaient être dictés par la fin et justifier le recours à des vérités approximatives.

Il faut enfin évoquer Fleurette de Nérac, la première maîtresse du futur roi Henri IV ; celui qui n'était encore que le prince de Béarn était âgé de douze ans à peine quand, à l'été 1565, il croisa Fleurette, avec laquelle il vécut ses premiers émois...

« [...] Et s'attachent en étourdis à conter des fleurettes à toutes celles qu'ils rencontrent. »

Molière, *Le Sicilien* (1668)

FRAIS COMME UN GARDON

Celui qui est « frais comme un gardon » est en pleine forme.

Cette métaphore date du XVIIe siècle. À une époque où ni le réfrigérateur ni le congélateur n'éxistaient encore, il fallait consommer les aliments peu de temps après les avoir achetés, chassés ou pêchés.
Et justement, nous devons cette expression au domaine de la pêche.

Un poisson était particulièrement apprécié : le gardon. Par ces temps où les périodes de disette étaient assez fréquentes, il avait en effet la particularité, une fois séché, de pouvoir être conservé bien plus longtemps que les autres poissons. Il restait donc frais, c'est-à-dire comestible. Ainsi, en raison de son délai de conservation bien supérieur à la moyenne, il devint sur les marchés une référence pour vanter la fraîcheur d'un produit.

L'expression s'appliqua ensuite progressivement aux individus dont on voulait souligner la forme physique.

HABILLÉ COMME L'AS DE PIQUE

On peut dire d'une personne qu'elle est « habillée comme l'as de pique » si ses vêtements sont mal choisis.

Au XVIIe siècle, on employait cette expression pour désigner quelqu'un d'idiot ou de ridicule. On la trouve par exemple chez Molière, dans *Le Dépit amoureux*, où l'imbécile est qualifié d'« as de pique ».

Mais pourquoi donc un as de pique ? Il semble que cette carte ait été retenue non pour sa valeur en cartomancie – elle représente la mort –, mais parce que l'as de pique évoque approximativement le croupion d'un poulet. Delphine Gaston émet cette hypothèse dans *Nos 500 expressions préférées*.

Comparer l'aspect physique de quelqu'un à un as de pique revient donc à le comparer métaphoriquement à un croupion. Il a l'air d'un imbécile qui ne ressemble à rien... si ce n'est à un trou du cul !

JOYEUX DRILLES

De joyeux drilles sont d'heureux camarades.

Si l'adjectif « joyeux » ne pose pas de difficulté, « drille » semble plus énigmatique. Au XVIIe siècle, ce mot sert à nommer les militaires quelque peu vagabonds qui se déplaçaient toujours en groupe. Fréquemment éméchés, ils avaient la réputation d'être des fêtards se comportant comme de bons camarades, s'aidant mutuellement, quelles que soient les situations rencontrées.

Dès lors, on comprend pourquoi l'image des joyeux drilles, ces compagnons rigolards, qui a traversé les siècles, reste positive malgré leurs éventuels méfaits.

Aujourd'hui, les « joyeux drilles », qui ne sont plus seulement des soldats, peuvent être parfois qualifiés de « joyeux lurons ». Certains affectionnent cette autre expression légèrement surannée au sens approchant : « Roger Bontemps », qui désigne plus spécifiquement une personne qui vit dans la bonne humeur, sans souci.

LE JEU EN VAUT LA CHANDELLE

L'origine de cette expression date du XVIe siècle. Pour passer le temps ou s'adonner à leur vice, les gens pouvaient le soir jouer aux cartes ou aux dés. Et pour y voir quelque chose, à cette époque, on s'éclairait à la bougie ou à la chandelle.

Mais éclairer ces parties nocturnes avait un coût. Ainsi les joueurs n'étaient-ils prêts à consentir à payer pour cela que si le montant des gains potentiels était élevé. Il fallait espérer gagner une grosse somme ou au moins rentrer dans ses frais !

Si les gains potentiels étaient trop modestes et pour pouvoir jouer quand même, les participants aux faibles revenus donnaient une petite somme à celui qui avait accueilli la partie en dédommagement du coût des chandelles. Mais s'ils n'avaient vraiment pas de chance au jeu, alors celui-ci n'en valait pas la chandelle !

Les Expressions
Populaires

LE POT DE TERRE CONTRE LE POT DE FER

L'expression figurée « le pot de terre contre le pot de fer » permet de caractériser les affrontements qui mettent en présence des parties de forces inégales et dont l'issue en faveur du plus fort semble inévitable. L'homme sans appui ni soutien a ainsi toutes les chances d'être vaincu par son adversaire plus puissant.

Si la première mention de cette expression figure dans l'Ecclésiaste (ch. XIII, v. 2 et 3), elle fut popularisée par la fable qui en porte le nom dans le premier recueil des *Fables* de La Fontaine, édité pour la première fois en 1668. Dans cette fable, le pot de terre est brisé, car il s'est laissé convaincre par le pot de fer, qui l'avait entraîné dans une aventure que seul celui-ci pouvait supporter.

Pour cette raison, le proverbe nous pousse à nous associer uniquement avec les personnes qui nous ressemblent et qui sont de force égale — les plus fortes risquant de nous causer trop de dommage.

MANGER LES PISSENLITS PAR LA RACINE

Ceux qui « mangent les pissenlits par la racine » sont morts et enterrés.

Le pissenlit est une plante qui a pour particularité de pousser notamment sur les terres récemment labourées ou retournées. Au XIXe siècle, quand cette expression vit le jour, on en trouvait donc souvent à l'endroit où on venait d'enterrer quelqu'un. Rapidement, on considéra qu'il devait s'agir de la nourriture des défunts puisque les pissenlits poussaient précisément sur leurs tombes.

Mais pourquoi « par la racine » ? Tout simplement parce qu'il s'agit de la partie de la plante à laquelle les morts, par leur position sous terre, ont accès en premier : ils sont plus proches des racines que des feuilles. Logiquement, ils doivent donc manger les pissenlits par cette extrémité.

Victor Hugo utilisa le premier cette expression dans *Les Misérables*.

« Être mort, cela s'appelle manger des pissenlits par la racine [...]. »

Victor Hugo, *Les Misérables* (1862)

PARLER À LA CANTONADE

« Parler à la cantonade » n'a rien à voir avec Cantona, le célèbre joueur de football français au tempérament sanguin ! Cette expression signifie « parler sans s'adresser à une personne en particulier », et sans attendre de réponse en retour.

Elle remonte au XVIIe siècle et trouve son origine dans le monde du théâtre. Le mot « cantonade » désignait en effet les côtés de la scène puis les coulisses, c'est-à-dire des endroits où il n'y avait aucun spectateur.

Ainsi, lorsqu'un personnage dans une pièce de théâtre s'adressait à un autre que les spectateurs ne voyaient pas, car il se trouvait en coulisses, on disait qu'il parlait « à la cantonade ».

Le mot « cantonade » lui-même aurait pour origine le terme *cantonada*, qui en occitan désignait les angles d'une habitation. C'est pourquoi on pense que les premiers à utiliser cette expression furent les troupes de cirque qui travaillaient dans le sud du pays, car elles auraient été confrontées à cette langue.

Aujourd'hui, l'expression n'est plus circonscrite aux représentations artistiques.

« Je suis intimement persuadé que toute perception enregistrée de la manière la plus involontaire comme, par exemple, celle de paroles prononcées à la cantonade, porte en elle la solution, symbolique ou autre, d'une difficulté où l'on est avec soi-même. Il n'est encore que de savoir s'orienter dans le dédale. »

André Breton, *L'Amour fou* (1976)

PAYER EN MONNAIE DE SINGE

Cette expression, qui signifie « ne pas payer réellement », voire « escroquer », trouve son origine dans une pratique du XIIIe siècle.

À cette époque, sous le règne du roi Saint Louis, fut mise en place une nouvelle taxe pour passer sur le Petit-Pont reliant, à Paris, l'île de la Cité au quartier Saint-Jacques. Toute la population devait s'acquitter de cette taxe. Ou presque...

Une catégorie de personnes en était exemptée : les forains ou jongleurs qui possédaient un singe. Ceux-ci pouvaient en effet se présenter au « péage » et faire exécuter un numéro par leur animal, afin de passer sans débourser un centime. Le spectacle donné divertissait la personne chargée de collecter le droit de passage, et le propriétaire du singe en profitait. Il franchissait le pont sans payer, car il avait précisément « payé en monnaie de singe » !

PAYER RUBIS SUR L'ONGLE

« Payer rubis sur l'ongle » consiste à payer quelque chose en totalité. Mais il ne s'agit pas ici de régler grâce à une pierre précieuse posée sur le bout des doigts !

Cette expression date du XVIIe siècle et vient de la locution antérieure « faire rubis sur l'ongle », qui signifie « boire jusqu'à la dernière goutte ». Il s'agit d'une référence à une coutume qui consistait, pour rendre hommage à un absent lors de fêtes bien arrosées, à vider son verre de vin d'une seule traite. Il restait alors souvent au fond du verre une ultime gouttelette, rouge et ronde tel un rubis. Il convenait alors de verser délicatement cette goutte sur un de ses ongles puis de la lécher.

À peu près à la même époque, cette expression est devenue une métaphore exprimant l'idée de payer jusqu'au dernier sou, s'il le faut en vidant ses poches, comme on le faisait d'un verre, d'un coup et jusqu'au dernier centime.

POUR DES PRUNES

Si telle action compte « pour des prunes », elle n'a aucun effet. Elle est inutile et compte « pour rien ».

L'expression date du XVIe siècle. Mais « des prunes » signifiait déjà « quelque chose sans aucune valeur » trois siècles plus tôt. Au XIIe siècle, en effet, les croisés français essuyèrent un résultat déplorable lors de la deuxième croisade : ils ne remportèrent aucune bataille. À défaut de victoire, ils revinrent avec des pieds de pruniers de Damas, dont ils avaient adoré les fruits en Orient et qu'ils offrirent au souverain. Celui-ci leur aurait alors demandé, à la fois étonné et contrarié, s'ils étaient allés combattre pendant une si longue période « pour des prunes ».

Le fruit n'étant pas connu en Europe, la référence marqua les esprits et l'expression entra dans le langage.

Les croisés n'avaient donc pas assez mis de « prunes » pour pouvoir en rapporter sans susciter le courroux de leur chef !

QUI S'Y FROTTE S'Y PIQUE

On peut résumer le sens de « qui s'y frotte s'y pique » par ceci : quand on s'attaque à quelqu'un ou que l'on affronte un danger, il convient d'en mesurer les risques !

Cette expression date de la fin du XVIe siècle. On l'attribue souvent aux ducs d'Orléans, qui furent les premiers à adopter le porc-épic comme emblème, mais aussi aux rois de France Louis XI et Louis XII, qui l'utilisèrent eux aussi.

Mais il existe une autre hypothèse selon laquelle « qui s'y frotte s'y pique » viendrait de la devise historique très approchante de la ville de Nancy, liée à l'image du chardon : « *Non inultus premor* », qui signifie : « Je ne suis pas attaqué sans tirer vengeance. » Il s'agissait notamment de la devise de certains chevaliers, qui par ces mots prévenaient leurs adversaires de la vigueur de leur riposte en cas d'attaque. Par ailleurs, les armoiries de la ville présentent dès cette époque un chardon.

RENVOYER AUX CALENDES GRECQUES

Cette expression signifie « repousser indéfiniment une action sans fixer de date précise pour sa réalisation ». Renvoyer aux calendes grecques revient donc à remettre à la Saint-Glinglin !

Dans le calendrier romain, les calendes étaient le premier jour de chaque mois, correspondant à l'époque à la nouvelle lune. C'est ce jour-là que devait avoir lieu le remboursement des dettes. Mais chez les Grecs, rien de tel ! Point de calendes, car ils utilisaient une méthode différente pour comptabiliser le temps.

Donc « renvoyer aux calendes grecques », c'est reporter une action à un jour qui n'existe pas — ce qui revient à ne jamais la réaliser...

À noter que le mot « calendrier » vient de l'adjectif « calendarium », « calendaire », qui était un registre de comptes mentionnant les dettes remboursables le 1er du mois. Le calendrier est ainsi devenu le registre permettant d'associer un événement à un jour.

S'ATTIRER DES BRICOLES

Personne ne veut « s'attirer des bricoles », autrement dit des ennuis, dont la gravité mène souvent leurs auteurs devant les tribunaux.

Le terme « bricole » date du Moyen Âge. Il s'agissait à l'époque d'une arme semblable à une catapulte, avec balancier et contrepoids, utilisée à partir du XIe siècle. Fort redoutée, elle permettait d'envoyer des boulets et autres projectiles sur les positions ennemies jusqu'à une centaine de mètres.

Cette arme a tiré son nom du caractère hâtif de sa conception, car elle était souvent fabriquée avec le matériel trouvé sur le champ de bataille. Néanmoins, elle était extrêmement dangereuse, si bien que les personnes se trouvant dans son périmètre d'action prenaient de grands risques.

Plus tard, bien que perfectionnée pour envoyer des charges plus lourdes, elle perdit toute utilité avec l'essor des canons. Devenue obsolète sur les terrains d'affrontements militaires, elle a cependant traversé les siècles dans notre langage.

UN SECRET DE POLICHINELLE

Un « secret de Polichinelle » est un faux secret, car connu de tous. Mais les personnes dans la confidence ne savent pas avec précision qui d'autre est au courant...

Polichinelle est un personnage de la commedia dell'arte. Doublement bossu, il est caricatural et irrespectueux, mais débrouillard et plein d'esprit.

Dans l'une de ses aventures, il désire se venger d'un seigneur. Pour ce faire, il va révéler au roi, sous le sceau du secret, une infirmité cachée dudit seigneur : il aurait le corps couvert de plumes ! Il obtient du roi qu'il garde le secret. Le problème est qu'il procède de la même manière avec chacun des courtisans, leur demandant chaque fois de n'en dire mot. Toute la cour est alors rapidement au courant.

Depuis cette confidence mal gardée, on nomme « secret de Polichinelle » tous les secrets qui n'en sont pas.

« C'est le secret de Polichinelle, messieurs ! Seuls les enfants n'y comprennent rien, seuls les hypocrites font semblant de ne pas comprendre. »

Eugène Ionesco, *Rhinocéros* (1959)

SE FAIRE DE LA BILE

« Se faire de la bile »,
c'est s'inquiéter, se faire du souci.

La bile est un liquide visqueux et amer sécrété par le foie. L'usage de cette curieuse expression date de l'Antiquité grecque.

Selon la théorie des quatre humeurs participant aux bases de la médecine antique, la rate produit deux types de bile : la bile jaune, attachée à la colère, et la bile noire, correspondant à la tristesse et à la mélancolie, dont la production augmentait selon la force de ces émotions. Aujourd'hui, nous savons que seule la bile dite « jaune » existe.

La théorie des humeurs eut longtemps cours, pour être finalement abandonnée au XVIIIe siècle. L'expression, elle, a su traverser les trois siècles suivants pour parvenir jusqu'à nous. Elle n'est d'ailleurs pas la seule à faire référence à la sécrétion d'un liquide corporel, comme en témoigne « se faire un sang d'encre ».

SE FAIRE DU MOURON

L'expression « se faire du mouron » signifie « se faire beaucoup de souci ».

Le mot « mouron » est pour le moins énigmatique. Il désigne des herbes de très petite taille que l'on trouve à la campagne. Or, depuis le XIXe siècle, on emploie ce terme en argot pour parler d'une touffe de poils, puis de la chevelure en général.

L'expression signifie donc littéralement « se faire des cheveux », soit la forme simplifiée d'une autre expression préexistante : « se faire des cheveux blancs », marque visible du poids des tracas de la vie. Au XXe siècle, se faire du mouron est donc devenu synonyme par ricochet de « se faire de la bile ».

On remarque que ces expressions à la signification équivalente font toutes référence à une production involontaire du corps humain. Comme si l'incapacité à en contrôler le surgissement ou la transformation (dans le cas de la couleur blanche des cheveux) était pour les hommes source d'une grande inquiétude.

SEMER LA ZIZANIE

« Semer la zizanie » dans un groupe consiste à faire naître la discorde, rompre la bonne entente générale.

Cette expression n'est apparue qu'au XVIe siècle, bien que son origine soit bien plus ancienne. Le terme « zizanie » vient du latin *zizania*, qui désigne une mauvaise herbe, plus scientifiquement nommée l'ivraie et qui peut ruiner des récoltes, car elle pourrit tout ce qui pousse autour.

Dans un passage de l'Évangile selon saint Matthieu, on trouve justement une parabole de la mauvaise herbe. Face à la foule, Jésus aborde la présence du mal sur Terre en racontant une histoire : un homme voit pousser dans son champ le blé qu'il a semé mais aussi de l'ivraie. Le texte dit : « Une nuit, pendant que tout le monde dormait, un ennemi de cet homme vint, sema parmi le blé de la zizanie, puis s'en alla. »

Ensuite, le mot « zizanie » prit tout naturellement le sens figuré de mésentente.

SE REGARDER EN CHIENS DE FAÏENCE

Quand deux personnes se regardent ou s'observent sans dire un mot, on dit qu'elles se « regardent en chiens de faïence ». Il y a souvent de l'animosité dans l'air.

La faïence est une céramique réputée pour sa qualité, originaire de Faenza, en Italie, où l'on fabrique depuis des siècles de la vaisselle de céramique.

À partir de cette petite localité, la faïence a conquis l'Europe, dont la France, et devint très populaire dès le XVIIe siècle. Il est logique que l'expression soit née à cette même époque. Elle trouverait son origine dans la pratique d'antan de disposer de petites sculptures ou statues de chiens en guise d'éléments de décoration dans les intérieurs, et en particulier sur les cheminées, seules sources de chaleur.

À observer une paire de chiens de faïence se regardant froidement, on comprend aisément comment l'expression est née et pourquoi elle s'applique si bien aux rapports humains.

TROIS FRANCS SIX SOUS

« Trois francs six sous » est une somme d'argent ridicule.

Pour comprendre cette expression, il faut remonter au temps du sou, qui a servi à nommer différentes monnaies depuis l'Antiquité. À la fin du XIXe siècle, « trois francs six sous » représentaient une petite somme. Pourtant, il s'agissait à peu près du salaire journalier d'un mineur ou d'un ouvrier : douze heures de dur labeur pour gagner une si petite somme permettant tout au plus d'acheter à manger.

Malgré les nouveaux francs successifs, l'expression est restée dans le langage populaire. Mais pour combien de temps ? L'euro risque bien d'en venir à bout.

Le mot « sou » est utilisé dans de nombreuses autres expressions françaises, comme « de quatre sous », visant aussi les choses sans valeur, ou « sou par sou », signifiant « petit à petit ».

VERSER DES LARMES DE CROCODILE

Si quelqu'un simule la tristesse, on dit qu'il « verse des larmes de crocodile ».

Il pleure, au sens propre comme au sens figuré, de manière hypocrite, afin d'émouvoir et d'obtenir une contrepartie.

Ici, aucune référence aux vraies larmes qu'un crocodile verserait en mangeant ses proies. Cette caractéristique physiologique est pourtant exacte pour les alligators américains, chez qui il y a effectivement un lien entre l'activation des glandes lacrymales et celle des glandes salivaires.

L'expression existe depuis le XVe siècle. Mais sa source est bien antérieure, puisqu'elle se trouve dans une légende de l'Égypte antique selon laquelle les crocodiles du Nil pleuraient ou gémissaient pour susciter la compassion et l'intérêt de leurs proies. Dès que celles-ci s'étaient suffisamment approchées, le piège se refermait sur elles et les crocodiles n'en faisaient qu'une bouchée.

La technique légendaire des crocodiles rappelle celle évoquée dans le mythe des sirènes qui donna l'expression « céder au chant des sirènes ».

Les indémodables

À L'AFFÛT

Être à l'affût consiste à guetter, attendre le moment favorable pour agir. Mais quel est ce mystérieux « affût » ?

Dès le Moyen Âge, ce mot fut employé pour désigner le support sur lequel les chasseurs faisaient reposer leur arme alors qu'ils guettaient le passage d'une éventuelle proie. Aujourd'hui encore, dans le jargon militaire, un affût est une machine qui supporte un canon ou permet de le déplacer.

Mais ce terme désigne également l'endroit où les chasseurs se placent en attendant que se présente le gibier. Il s'agit donc aussi d'un lieu d'attente et d'observation. D'ailleurs, l'expression « chasse à l'affût » existe bel et bien : elle désigne ce type particulier de chasse où l'attente se fait dans un affût. Elle est parfois considérée comme la moins noble en raison de l'immobilité du chasseur, de son attitude passive.

À TUE-TÊTE

Qui chante à tue-tête a une voix si forte et si puissante que le son émis peut faire mal à la tête. Il est pour le moins dérangeant.

Dès le XIIe siècle, le verbe « tuer » a été utilisé dans diverses expressions, afin d'exprimer l'idée d'évanouissement. Mais l'origine de la locution « à tue-tête » est plus tardive, puisqu'elle remonte au XVIe siècle.

À cette époque, le terme « tuer » ne signifiait pas seulement « enlever la vie », il pouvait également être employé pour exprimer l'idée de frapper – le plus souvent à la tête – ou bien être synonyme de « fatiguer » ou « épuiser ». Cette dernière signification explique d'ailleurs l'expression aujourd'hui disparue « à tue-chevaux » pour dire que quelqu'un ou quelque chose va très vite. Une personne qui chante ou crie à tue-tête a donc de fortes chances de fatiguer ceux qui l'entourent.

Cette relation de cause à effet explique cette expression dont le sens n'a pas évolué au fil des siècles.

AU TEMPS POUR MOI

Cette locution permet à une personne de reconnaître son erreur et d'adapter son avis en fonction de celle-ci.

S'il est fréquent de voir écrit « autant pour moi », l'Académie française est formelle : la graphie à retenir est « au temps pour moi », une orthographe qui découle de l'origine de l'expression.

Dans le langage militaire, l'injonction « au temps ! » est utilisée pour commander la reprise d'un mouvement depuis le commencement. L'idée est donc de reprendre pour corriger. Ainsi, il est naturel que cette injonction appliquée à soi-même se traduise par « au temps pour moi ».

Quant à la version familière « autant pour moi », souvent employée de nos jours, personne n'est capable de la dater avec précision. Certains, comme Maurice Grevisse dans *Le Français correct*, avancent même qu'elle fut antérieure à « au temps » ; pour d'autres, les deux versions doivent être considérées comme distinctes.

ARME BLANCHE

Contrairement aux armes nécessitant l'explosion de poudre pour causer des dégâts, comme les revolvers ou les fusils, l'arme blanche requiert la seule action de l'homme.

Cette terminologie englobe toutes les armes dont l'action est due à la force humaine et qui comporte une lame.

Pourtant les lames des couteaux ou des épées ne sont pas blanches, mais de la couleur de leur métal : brun, gris ou argenté. Si elles sont dites « blanches » à partir du XVIIe siècle, c'est par opposition avec les armes à feu dites « bronzées », c'est-à-dire d'un métal doré. Par ailleurs, elles n'étaient pas enduites comme les armes à feu d'un produit foncé antirouille. Sinon, l'oxydation en aurait endommagé le tranchant.

Par ailleurs, le terme « blanc » signifiait en ancien français « brillant », comme peuvent l'être des lames bien astiquées.

BOUC ÉMISSAIRE

Un bouc émissaire est une personne à qui on attribue injustement la responsabilité d'une faute.

Les origines de cette expression sont religieuses. Durant Yom Kippour, le jour du grand pardon chez les juifs, le grand prêtre d'Israël devait tirer au sort un bouc censé permettre à la population d'évacuer ses péchés. L'animal était envoyé dans le désert d'Azazel, portant symboliquement le fardeau de toutes les mauvaises actions. Le nom du bouc donna en latin *caper emissarius*, qui signifie « le bouc envoyé ».

Dès lors, celui qui porte la responsabilité pour les autres alors qu'il n'a rien fait subit le même sort que cet animal. Georges Clemenceau a dit dans le cadre de l'affaire Dreyfus : « Tel est le rôle historique de l'affaire Dreyfus. Sur ce bouc émissaire du judaïsme, tous les crimes anciens se trouvent représentativement accumulés. »

On trouve cette expression dès le XVIIe siècle dans le dictionnaire de Furetière.

CHÈQUE EN BOIS

Un chèque « en bois » est un chèque sans provision.

Il ne permet pas de s'acquitter de la somme due, car il n'y a pas assez d'argent sur le compte bancaire auquel il est attaché.

La locution « de bois » est apparue au XIIIe siècle. À cette époque, le bois était très abondant. Par conséquent, sa valeur était faible et le prix des objets en bois était bas. On y avait dès lors souvent recours pour réaliser des imitations, comme les jambes de bois. L'idée de fausseté, de contrefaçon, se retrouve précisément dans cette expression. Progressivement, « de bois » devint « en bois ».

Le chèque en bois est bel et bien un faux moyen de paiement. Il en a l'apparence, sans toutefois permettre le transfert effectif de l'argent.

À noter : on retrouve le bois dans l'expression « langue de bois », qui exprime la même idée de fausseté, cette fois dans le discours.

CLOU DU SPECTACLE

« Le clou du spectacle » est la partie la plus extraordinaire et étonnante d'un événement, le plus souvent à la fin d'une représentation théâtrale ou de tout autre spectacle donné en présence d'un public.

Cette expression vit le jour au XIXe siècle. Aussi incongru que cela puisse paraître, il s'agit d'une référence à un vrai clou. Le spectateur serait ainsi « accroché » par un moment précis au cours d'un spectacle, comme un objet peut l'être à un mur. Son attention est « fixée », il est « cloué ».

De plus, l'objet, une fois cloué au mur, attire l'attention de tous.

La formule semble donc s'expliquer par les deux effets qu'engendre l'objet ainsi cloué.

Alphonse Daudet est l'auteur qui l'utilise en premier, dans *Trente Ans de Paris*.

« Si nous mettions votre tambourinaire dans la pièce ? Il manque un clou, ça pourrait peut-être servir à accrocher le succès. »

Alphonse Daudet, *Trente Ans de Paris* (1888)

CONNU COMME LE LOUP BLANC

« Être connu comme le loup blanc » signifie
« être très connu ou populaire ».

Pendant des siècles, le loup a terrorisé les populations, en raison du danger qu'il faisait courir aux hommes ainsi qu'à leurs bêtes. Aussi, dès qu'un loup s'approchait d'un village, ses habitants en étaient vite informés et faisaient circuler l'information, de sorte que la présence de l'animal était connue de tous.

Si de nombreuses expressions ont fait référence au loup dès le XIIIe siècle, telle que « regarder comme le loup blanc », le *Dictionnaire de Trévoux* fait remonter au XVIIIe siècle la référence à la formule « connu comme le loup » évoquant pour la première fois l'idée de célébrité.

Au siècle suivant, le pelage de la bête prit une couleur blanche sans que l'on sache pourquoi. Cependant, il est indéniable que cette teinte accroît le caractère mystérieux et inquiétant de l'animal, donc sa renommée.

CORDON-BLEU

De nos jours, être un cordon-bleu signifie que l'on est un bon cuisinier. Mais cela n'a pas toujours été le cas.

Au XVIe siècle, pendant les guerres de Religion, Henri III fonda l'ordre du Saint-Esprit. Premier ordre de la monarchie française, sa raison d'être était la défense de la foi catholique et de la personne royale. Ses membres, des chevaliers, portaient la croix de Malte, qui était accrochée à un ruban bleu.

Abolie par la Révolution française, cette croix fit place à la Légion d'honneur, instaurée en 1802 par Napoléon Bonaparte. Mais le cordon bleu resta. Il continua d'être utilisé comme distinction suprême et prestigieuse. Le qualificatif « cordon-bleu » soulignait alors un caractère exceptionnel et de grande qualité, sans plus faire référence à un ordre particulier ou une distinction officielle.

C'est à partir de 1832 que l'on commença à appeler les cuisiniers de grand talent… des cordons-bleus ! Venant achever de consacrer l'expression dans le domaine culinaire, Marthe Distel publia en 1895 l'ouvrage à succès *La Cuisinière cordon-bleu*. S'ensuivit l'ouverture d'écoles du même nom.

« Il est certain que Carlotta s'était donné du mal pour faire maîtresse de maison. Elle avait mis les petits plats dans les grands, disait-elle. À vrai dire, ça l'avait amusée, d'abord, de jouer à la dînette. Mais elle n'était pas très sûre de son cordon-bleu, et elle avait tout fait venir de chez Potel et Chabot. »

Louis Aragon, *Les Beaux Quartiers* (1936)

DÉCOUVRIR LE POT AUX ROSES

« Découvrir le pot aux roses » signifie « mettre au jour un secret ou une supercherie ». Plusieurs hypothèses existent quant à l'origine de cette expression née au XIIIe siècle.

Selon la première, le pot aux roses serait le récipient utilisé par les femmes au Moyen Âge pour conserver leur maquillage. En le découvrant, les hommes comprenaient immédiatement que la beauté de leur bien-aimée tenait en partie à l'usage de ces artifices. Un mystère était percé !

Selon une autre explication, le pot en question devrait être entendu comme le couvercle d'un pot de parfum ou d'eau de rose, qui s'évaporait s'il n'était pas couvert rapidement.

Plus généralement, il semble que le pot doive être compris comme l'un des multiples récipients présents dans les maisons d'autrefois, qui tant qu'ils demeuraient fermés portaient une part de mystère. Une fois le couvercle soulevé, la nature de ce qui s'y trouvait pouvait surprendre, intéresser ou révolter…

DENTS DU BONHEUR

Avoir les dents du bonheur consiste à être pourvu d'incisives supérieures écartées.

En France, Vanessa Paradis et Yannick Noah sont les personnalités les plus emblématiques de cette particularité dentaire. Selon une croyance populaire, ce serait l'attribut de personnes particulièrement heureuses et chanceuses.

L'origine de cette expression daterait des guerres napoléoniennes. À cette période, ceux qui présentaient cette particularité pouvaient être réformés. Ils échappaient donc à la guerre. Le motif était le suivant : l'espace entre leurs dents les empêchait d'utiliser leurs incisives pour couper l'emballage en papier dans lequel se trouvait la poudre avec laquelle ils devaient recharger leur fusil. Or ils ne pouvaient pas non plus effectuer ce geste avec leurs mains, déjà occupées à tenir leur arme.

L'impossibilité d'effectuer cette manipulation indispensable sur le champ de bataille les rendait inaptes à être soldats. On comprend alors aisément pourquoi, pour certains, cela était source de bonheur…

EN CATIMINI

Cette expression, qui date du XIIIe siècle, signifie « en secret, en cachette ». Deux hypothèses ont été avancées quant à son origine.

Selon la première, le mot « catimini » viendrait du grec *kaταménia*, en rapport avec les menstruations féminines. La discrétion et l'indisponibilité sexuelle des femmes durant cette période expliqueraient le sens donné à l'expression. Mais pour certains, le lien entre les deux est quelque peu tiré par les cheveux…

Aussi, selon une seconde hypothèse, « catimini » proviendrait plutôt du langage picard. Ce serait une allusion au comportement silencieux et feint d'un animal. En effet, en picard, le mot « cate » désigne le chat, quand « mine » est lié à ce même animal (d'où l'expression affective « minou »). Dès la fin du XIIIe siècle, le mot « chattemite » aurait d'abord été employé pour qualifier des manières hypocrites. Il serait ensuite progressivement devenu « catimini » et aurait trouvé le sens qu'on lui connaît aujourd'hui.

« Mon père ne m'interdisait pas de sortir,
au contraire, mais tous les catimini, quelle joie ! »

Jean Giono, *Le Hussard sur le toit* (1951)

ÉPÉE DE DAMOCLÈS

L'expression une « épée de Damoclès » signifie « un danger permanent ».

Sa source remonte à l'Antiquité. Damoclès était un artisan de la ville de Syracuse, en Sicile, courtisan de Denys, monarque tyrannique qui vivait reclus dans son château, surveillé nuit et jour.

Damoclès avait pour habitude de flatter le roi, louant sa chance de tenir la position de tyran de Syracuse. Or cet excès de flatterie finit par agacer Denys, qui lui fit la proposition de monter sur le trône pour une journée.

Afin de faire comprendre à Damoclès la charge et le danger que représentait cette position qu'il semblait envier, lors d'un festin, Denys fit suspendre une épée pointée vers le bas et retenue très fragilement par un crin de cheval, juste au-dessus de la tête de Damoclès. Levant la tête, celui-ci se rendit compte que l'arme faisait peser sur lui un risque mortel permanent.

Bien que Denys ait vécu au Ve siècle avant notre ère, l'expression une « épée de Damoclès » n'est utilisée que depuis le XIXe siècle.

ÉTÉ INDIEN

L'été indien est une période de l'année, le plus souvent entre octobre et le début du mois de novembre, durant laquelle le temps est ensoleillé et les températures douces. Mais il ne survient pas forcément tous les ans.

Ce phénomène météorologique s'observe principalement en Amérique du Nord, en particulier au Canada. Dans ce pays occupé jadis par les peuples indiens, l'expression « *Indian Summer* » aurait vu le jour vers 1820. Mais l'écrivain Hector St John de Crèvecœur l'aurait utilisée dès 1778.

Son origine est incertaine. Il est fort possible que cette période de l'année soit nommée ainsi tout simplement car le climat de l'été indien est commun dans les anciens territoires indiens du nord de l'Amérique.

Mais d'autres explications existent, liées notamment à la fin de la période des récoltes effectuées par les Indiens et à leur migration annuelle vers l'intérieur des terres qui avait lieu, semble-t-il, juste avant l'hiver.

HUIS CLOS

Quand un événement est « à huis clos », il se déroule discrètement, sans témoin, dans la plus grande intimité et toutes portes fermées.

Cette expression mystérieuse s'emploie souvent au figuré et s'applique généralement à une confrontation entre plusieurs personnes. Elle a donné son titre à une célèbre pièce de théâtre de Jean-Paul Sartre, ce qui explique d'ailleurs peut-être son succès à la fois dans le monde artistique et dans le langage courant.

« Huis » vient du latin *ostium*, qui signifie « entrée ». En ancien français, ce terme désignait une porte. Par conséquent, un huis clos est depuis le XVIe siècle… une porte fermée.

L'expression est fréquemment utilisée dans le domaine judiciaire, où elle sert à qualifier un procès interdit au public. On retrouve d'ailleurs la racine « huis » dans la profession juridique d'huissier, qui à l'époque désignait un homme d'armes placé à l'entrée des salles d'audience et dont le rôle était de veiller à maintenir le calme lors des procès.

« L'idée de construire un drame très bref tenta Sartre.
Il pensa tout de suite à une situation à huis clos :
des gens murés dans une cave pendant un long bombardement. »

Simone de Beauvoir, *La Force de l'âge* (1960)

« [Le vent], pour qui nul huis n'est clos. »

Colette, *La Naissance du jour* (1928)

UNE IMAGE D'ÉPINAL

Utiliser une image d'Épinal consiste à enjoliver une réalité en ayant recours à une représentation simpliste et réductrice, aussi naïve qu'idéale.

Cela relève donc du cliché. Celui qui souligne l'image d'Épinal dans la description d'un tiers en déplore la vision bien trop optimiste.

Épinal est une ville située dans les Vosges où, à la fin du XVIIIe siècle, Jean-Charles Pellerin créa une imprimerie pour produire des séries d'images aux couleurs saisissantes qui rencontrèrent un vif succès. Abordant dans un premier temps des thèmes religieux, ces représentations participèrent ensuite à l'élaboration de la grandeur du personnage napoléonien par des images composées à sa gloire. Les scènes plus généralement militaires y étaient nombreuses.

La gamme des sujets traités, toujours de façon naïve, s'est ensuite élargie pour aborder des thèmes historiques, des événements de la vie quotidienne, et illustrer des livres d'enfants ou de devinettes.

Ces images et le traitement de leurs sujets devinrent alors caractéristiques de la ville d'Épinal.

« Dans l'ensemble, les éléments habituels de mes rêves sont d'une grande médiocrité, matériaux mesquins le plus souvent réalistes, sortes d'images d'Épinal faites avec de l'ordinaire. »

Henri Michaux, *Façons d'endormi, façons d'éveillé* (1969)

LANGUE DE BOIS

Pratiquer la « langue de bois » consiste à éviter d'énoncer une réalité par le recours à des phrases d'ordre général.

La langue de bois permet ainsi d'esquiver pour ne pas répondre à des questions gênantes.

Comment expliquer la nature végétale attribuée à cet organe pourtant si musculeux qu'est la langue ? Cette expression date du XXe siècle en Russie. Avant la révolution, on parlait de la « langue de chêne » pour désigner de façon sarcastique l'administration et la bureaucratie tsaristes, à la fois rigides, immuables et inflexibles, à l'image de l'arbre.

Ensuite, la locution est passée en Pologne pendant le mouvement Solidarnosc, qui l'a modifiée. Dans ce pays, elle devint « langue de bois » et servit à discréditer les autorités soviétiques. Elle fut ensuite reprise telle quelle par les journaux français.

Il s'agit donc d'une expression très récente. Elle n'a chez nous que trente à quarante ans d'existence et s'emploie aujourd'hui le plus souvent dans le domaine politique.

LES ABSENTS ONT TOUJOURS TORT

Pourquoi les absents auraient-ils toujours tort ?

Est-ce parce qu'ils ont commis la « faute » de ne pas être présents et se voient en conséquence victime d'une condamnation a priori de leurs opinions ? Ou bien est-ce parce qu'ils ne peuvent pas défendre leur position et argumenter ?

Cette seconde explication est la bonne. L'absent est toujours fautif, car il n'est pas en mesure de défendre ses intérêts, d'expliquer son point de vue ou sa décision. Par une formule assez proche, les Latins disaient : « *Absens hoeres non erit* », c'est-à-dire « L'absent ne sera pas héritier ».

Mais l'expression qui nous occupe date du XVIIIe siècle. Avant cette époque, on disait d'ailleurs plutôt : « Les os sont pour les absents. » Cela signifiait qu'en raison de leur absence, ceux-ci ne pouvaient partager le repas, donc on leur laissait la part la moins enviable : les os.

METTRE EN QUARANTAINE

La quarantaine est une mesure sanitaire provisoire consistant à isoler des individus, des animaux ou des végétaux pendant une période donnée, dans le but de prévenir la propagation de maladies.

Aujourd'hui, cette expression est aussi utilisée au figuré pour exprimer l'idée de l'exclusion contrainte d'une personne, de sa mise à l'écart.

On en trouve trace dans le sens médical que nous lui connaissons au XVIIe siècle. Afin d'éviter le développement d'épidémies, on isolait alors, notamment dans les ports et pendant quarante jours précisément, les voyageurs que l'on pensait porteurs d'une maladie contagieuse, afin qu'ils ne puissent pas circuler librement et ainsi répandre leur affection. L'isolement pouvait alors avoir lieu à bord de navires, et le délai de quarante jours se justifiait parce que l'on pensait à l'époque qu'il s'agissait de la période d'incubation des maladies pouvant donner lieu à des épidémies.

À Venise, pendant l'épidémie de peste du XVIIe siècle, les canaux furent interdits de circulation pendant quarante jours et les bateaux restèrent à quai.

Réduit par la suite à deux semaines, ce délai est aujourd'hui variable et dépend de règles nationales comme internationales et de la nature de ce qui nécessite l'isolement. Malgré un nombre de jours désormais variable, l'expression n'a pas changé.

MONTAGNES RUSSES

L'attraction des montagnes russes est composée de chariots qui se déplacent à grande vitesse sur des rails sinueux.

Elle porte ce nom car on en trouve les premières traces au XVIe siècle en Russie, dans la région de Saint-Pétersbourg. À l'époque, les rails étaient en bois, recouverts de glace par le froid. On glissait dessus sur des luges en osier.

Puis, au XVIIIe siècle, l'attraction s'exporta et l'on en vit apparaître des versions modernisées.

On en trouve à Paris au début du XIXe siècle. On les qualifie alors de « montagnes russes » en raison de leur origine. En 1812, la société Les Montagnes russes exploite celles du quartier Belleville. Quelques années plus tard, il sera possible pour la première fois d'y effectuer un véritable looping.

À noter qu'en Russie, c'est le monde à l'envers, puisqu'elles portent, curieusement, le nom de « montagnes américaines » !

PAIN BÉNIT

L'expression « pain bénit », d'origine chrétienne, est synonyme d'une opportunité inattendue.

Dans les tout premiers temps de l'Église, ce sont les fidèles eux-mêmes qui portaient à la fois le vin et le pain pour la communion au prêtre avant la messe. Au VIIe siècle, cette pratique se codifia et entra durablement dans la tradition.

Chaque dimanche, les familles devaient apporter une grande quantité de pain afin que le prêtre le bénisse et le distribue à ceux qui ne communiaient pas. Il s'agissait donc d'une compensation de l'hostie pour ceux qui n'étaient pas là ou se trouvaient dans l'impossibilité de communier (les enfants, par exemple).

Cette tradition perdura jusqu'au XXe siècle, notamment en Bretagne. Elle s'est éteinte progressivement, en raison notamment d'abus de certains puissants qui s'appropriaient indûment de grandes quantités de pain.

Au XXe siècle, l'expression prit le sens d'un cadeau divin, quelque chose qui arrive au bon moment et sans effort particulier.

PAR MONTS ET PAR VAUX

« Par monts et par vaux » signifie « en de nombreux lieux, voire partout ».

On dit ainsi d'une personne qui est sans cesse en déplacement, dans tous les endroits possibles et imaginables, qu'elle est « par monts et par vaux ».

Cette expression, apparue au XVe siècle, désignait alors toutes les montagnes et vallées de France. Celui qui se déplaçait assidûment passait ainsi par de multiples reliefs. Elle porte donc la notion de tout déplacement géographique, que ce soit en altitude ou en distance pure.

Si le pluriel de « mont » ne pose pas de difficulté, l'emploi de « vaux » ici mérite une petite explication : c'est tout simplement le pluriel de « val », la forme ancienne de « vallée », utilisée jusqu'au siècle d'apparition de l'expression.

PASSER AU CRIBLE

« Passer au crible » consiste à examiner une situation avec soin pour distinguer le vrai du faux, analyser quelque chose en détail.

On trouve la première trace de cette expression dans la Bible. Lors de la Cène, dans le chapitre 22 de l'Évangile de Luc, Jésus évoque le crible, une sorte de tamis permettant aux paysans de filtrer la terre, la farine ou le blé, et servant notamment à séparer les grains à conserver de tous les parasites et résidus comme la paille. Il utilise cette métaphore pour rendre accessible à ses disciples la notion de bien et de mal.

Ainsi Jésus indiqua à Pierre, un des apôtres, que Satan allait « les passer au crible comme le froment » : il allait les examiner en détail avant de les soumettre à la tentation. Cette épreuve déterminerait quel type de grain est Pierre.

L'expression est progressivement sortie du domaine religieux pour gagner le langage courant.

« Nous y pesions toutes nos pensées, nous les passions au laminoir, au crible [...] »

André Gide, *Si le grain ne meurt* (1926)

PENDRE LA CRÉMAILLÈRE

« Pendre la crémaillère » consiste à inviter des amis quand on s'installe dans une nouvelle maison ou un nouvel appartement.

La pendaison de crémaillère célèbre donc un emménagement. Cette coutume prend sa source dans un objet médiéval disparu de nos jours.

Quand la construction d'une maison était achevée, la tradition consistait à inviter tous ceux qui avaient participé aux travaux autour d'un repas, pour les remercier. Pour faire cuire ou réchauffer les aliments, on utilisait alors un objet nommé « crémaillère », sorte de tige en métal dont les crans permettaient de placer la marmite à différentes hauteurs au-dessus du feu dans la cheminée, et ainsi de maîtriser la cuisson du repas.

La crémaillère était mise en place, ou « pendue », en dernier dans la maison nouvellement construite ; cela marquait l'installation définitive des habitants et symbolisait le début de l'activité du foyer.

L'expression a traversé les siècles avec plus de permanence que l'objet, qui a bel et bien disparu de nos habitations.

POT-POURRI

Un pot-pourri est un mélange de choses diverses.

Il peut s'agir d'un livre comportant une compilation de textes divers ou d'un morceau de musique mêlant différents airs connus.

Au XVIIe siècle, il était courant de cueillir des fleurs très odorantes pour les faire sécher ou pourrir pour ensuite les mélanger à des essences rares et du sel. Puis on enfermait le tout dans des pots dont le couvercle était ajouré. La pâte en putréfaction libérait ainsi des fragrances qui s'échappaient par les orifices et parfumaient agréablement les habitations pendant de longs mois. Cette préparation humide particulière permettait aux fleurs de sécher lentement.

Très vite, le terme « pot-pourri » a désigné un mélange hétéroclite d'éléments divers, écrits ou chantés, comme autant de fleurs de toutes sortes réunies dans un seul contenant. Dans la première moitié du XIXe siècle, son utilisation est avérée dans le domaine musical, où il permit de désigner un assemblage de mélodies populaires.

SE LEVER DU PIED GAUCHE

« Se lever du pied gauche » signifie « être de mauvaise humeur, mal commencer sa journée ».

L'explication la plus simple, même si elle est contestable dans les faits, consiste à souligner que, les droitiers étant majoritaires dans la population, la plupart des gens se lèvent du pied droit pour un meilleur équilibre.

Un examen plus sérieux conduit à noter que, depuis l'Antiquité, le côté gauche jouit d'une connotation négative. Pour preuve, l'adjectif latin *sinister* est à l'origine du mot « senestre », signifiant « gauche » en ancien français, mais il a aussi donné le mot « sinistre ». La gauche est donc chargée péjorativement depuis fort longtemps. Elle est par exemple associée à la maladresse dans l'expression « avoir deux mains gauches ».

Enfin, dans l'Antiquité déjà, les augures romains chargés d'interpréter les signes des dieux pour prédire l'avenir et conseiller les puissants, quand ils observaient la direction du vol des oiseaux dans le ciel, interprétaient comme un mauvais présage de les voir arriver de la gauche...

SEPTIÈME CIEL

« Être au septième ciel » signifie « être très heureux ». Mais pourquoi parle-t-on de « septième ciel », alors que l'on ne connaît ni deuxième ni troisième... ni sixième ciel ?

L'expression vient de l'Antiquité. À cette époque, on pensait que la Terre était au centre de l'Univers et que chaque corps céleste, comme les planètes, était enfermé dans une sphère de cristal invisible et indépendante de ses voisines. Il y avait donc un ciel par sphère, un pour chaque planète connue, soit sept au total.

Le ciel de Saturne, le plus éloigné alors, était considéré comme celui des étoiles. Derrière lui, se trouvaient les dieux. L'atteindre consistait à s'en approcher, à se trouver au plus près du bonheur complet.

Toutes les grandes religions monothéistes ont fait référence à cette théorie astronomique. Même si Copernic et Galilée montrèrent par la suite qu'elle était fausse, on garda dans le langage courant l'expression « être au septième ciel » pour signifier « être comblé ».

SNOB

Un snob est une personne qui aime ou adopte les manières ou les postures à la mode dans des microcosmes qui se pensent distingués et entretiennent un mépris pour ceux qui n'adhèrent pas à leur mode de vie.

Le mot est la contraction du latin *sine nobilitate*, qui signifie « sans noblesse » et s'écrivait « *s.nob.* ». Cette mention figurait dès le XVIIIe siècle sur les registres d'inscription de l'université de Cambridge, en Angleterre, et servait à indiquer que les étudiants en question n'appartenaient pas à la noblesse. Il s'agissait donc d'une information écrite à caractère personnel figurant dans un fichier scolaire.

Parmi ces élèves, certains jaloux voulaient imiter les manières des aristocrates. À défaut d'appartenir à l'élite, ils tendaient à reproduire le comportement de cette classe sociale qu'ils estimaient supérieure. Mais certains aristocrates n'appréciaient guère ce comportement, donc les traitèrent de « snobs ».

SOLEIL DE PLOMB

« Un soleil de plomb », c'est une chaleur extérieure écrasante.

La chaleur dégagée par les rayons du soleil peut parfois être telle qu'elle donne l'impression à celui qui la subit qu'il supporte une lourdeur, un poids important sur les épaules.

Or la forte densité du plomb est célèbre. Ce métal a donc logiquement été utilisé dès la première moitié du XIXe siècle pour exprimer le poids extrême que le soleil peut faire peser sur les corps.

On retrouve la même idée de poids et de fatigue dans l'expression « sommeil de plomb », apparue à la même époque. En revanche, dans « avoir du plomb dans l'aile », ce n'est pas le poids du métal qui empêche métaphoriquement un projet de se réaliser, mais bien celui utilisé très concrètement par les chasseurs pour tirer sur les volatiles.

SOUPE AU LAIT

Une personne est dite « soupe au lait » si elle s'énerve d'un coup, change facilement d'humeur, et de manière générale si son caractère la rend imprévisible face à une situation qui ne lui convient pas.

L'expression qualifie donc un comportement caractéristique du colérique qui se calme aussi vite qu'il s'est emporté.

Elle trouve son origine dans le monde culinaire. Le lait sur le feu bout et peut très brusquement déborder de la casserole, mais il redescend tout aussi vite dès qu'il est retiré de la flamme. L'analogie entre l'irascibilité d'un individu et les caractéristiques chimiques du lait sur le feu est évidente.

Bien que l'expression semble dater du XIXe siècle, on ne trouve trace de la première utilisation qu'en 1919.

« Les emportements des hommes comme Phœbus sont des soupes au lait, dont une goutte d'eau froide affaisse l'ébullition. »

Victor Hugo, *Notre-Dame de Paris* (1831)

SUR LE TAS

Apprendre sur le tas, c'est s'instruire empiriquement, directement, face à la situation à laquelle on se prépare, le plus souvent sur son lieu de travail.

On peut ainsi apprendre sur le tas à réparer une voiture ou à fabriquer des meubles.

Cette expression date du XIXe siècle et fait référence non pas à l'accumulation de choses, mais à un lieu de travail bien précis. En effet, à l'époque, un tas était le lieu où l'on taillait les pierres pour bâtir un édifice. Puis ce terme de maçonnerie désigna plus largement un chantier, l'endroit où se trouvait la construction. Le « tas » entendu comme lieu de travail se retrouve dans l'expression « grève sur le tas ».

Même si l'on peut apprendre « sur le tard » en apprenant « sur le tas », il ne faut pas confondre les deux expressions !

TALON D'ACHILLE

Tout le monde possède une faiblesse, un « talon d'Achille ».

Cette expression fait référence au héros de la mythologie grecque Achille. Enfant, il avait été plongé par sa mère dans les eaux du fleuve Styx, afin d'y puiser une force surhumaine. Mais pour l'y tremper, sa mère avait dû le tenir par le talon, lequel n'entra pas en contact avec l'eau aux pouvoirs magiques et ne bénéficia donc pas de la même invulnérabilité que le reste de son corps.

Or Achille périt en recevant une flèche empoisonnée dans le talon. L'Histoire retint ainsi que le talon d'Achille, son unique faiblesse, lui fut fatal.

Si cette légende circule au moins de façon parcellaire dès le Ier siècle de notre ère, l'expression semble n'avoir été utilisée à l'écrit pour la première fois qu'en 1810, par le poète anglais Coleridge, pour taxer l'Irlande de « talon d'Achille du royaume britannique » !

TOUT DE GO

L'expression « tout de go » signifie « directement, sans préambule ni précaution ». Elle est née au XVIIe siècle.

Ce go n'a rien à voir avec le célèbre jeu de plate-forme d'origine chinoise. Pas d'avantage avec le verbe anglais qui signifie « aller ».

Cette locution est en revanche en lien direct avec l'expression ancienne « avaler tout de gob », dont elle est la formule simplifiée. Le terme « gob », qui a donné le verbe « gober », est une technique d'ingestion des aliments. Gober sa nourriture signifie l'avaler d'un coup, sans mâcher au préalable et de façon hâtive.

Il est donc logique que l'action réalisée « tout de go » le soit aussitôt, en un instant.

Au sens figuré, le verbe « gober » prit naturellement le sens de « croire naïvement tout ce que l'on entend ». Celui qui gobe tout ce qu'on lui dit ne prend pas le temps de réfléchir et agit avec les informations comme avec un œuf !

TOUT SCHUSS

Sur les pistes de ski, on peut entendre que telle personne a dévalé la pente « tout schuss ».

Cela signifie qu'elle a adopté une position aérodynamique particulière et a suivi le plus court des chemins : la ligne droite. Elle est descendue à toute vitesse, à tombeau ouvert !

Cette expression surtout cantonnée aux domaines enneigés est née au XXe siècle. Elle puise ses origines dans la langue allemande, où elle signifie « coup de feu ». Ainsi, le skieur qui va « tout schuss » suit la même trajectoire qu'une balle tirée d'un revolver du haut de la piste vers le bas. Il va tout droit et très vite.

L'expression est à tel point associée au ski que la mascotte des jeux Olympiques d'hiver de 1968 à Grenoble fut nommée « Schuss le skieur ». Avec son pied unique en forme d'éclair, elle symbolisait parfaitement l'idée de grande vitesse.

VIVRE DANS UNE TOUR D'IVOIRE

Une personne qui vit dans une tour d'ivoire a adopté un mode vie solitaire. Elle est coupée du monde extérieur de façon pleinement volontaire.

Figurant dans le *Cantique des cantiques*, cette expression dans son acception contemporaine a une origine littéraire. On la trouve au XIXe siècle sous la plume de l'écrivain et critique littéraire Charles-Augustin Sainte-Beuve, qui l'utilisa dans *Les Consolations* en 1830, pour décrire Alfred de Vigny. Il y compare Victor Hugo à Alfred de Vigny, décrit comme « plus secret, comme en sa tour d'ivoire ».

Alfred de Vigny aimait en effet se mettre en retrait de la société pour se consacrer à l'écriture. Pour cela, sa propriété en Charente convenait parfaitement. Plus précisément, une minuscule pièce située au dernier étage avait sa préférence pour le calme absolu qu'elle offrait.

La référence à l'ivoire s'explique par la minutie de son travail. Vigny ciselait ses poèmes avec la même méticulosité et application que s'il s'agissait d'ivoire.

UN VIOLON D'INGRES

Un violon d'Ingres est une passion, souvent artistique, à laquelle on s'adonne en dehors de son activité principale.

On doit cette expression au peintre français Jean-Auguste-Dominique Ingres, né en 1780, qui exerça ses talents de portraitiste au XIXe siècle. Il peignit également des fresques historiques et des nus féminins. Au-delà de la peinture, Ingres vouait une passion à la pratique du violon, même si ses talents musicaux restent l'objet d'appréciations contradictoires.

Quel que fût son talent en tant que violoniste amateur, on nomma au début du XXe siècle « violon d'Ingres » toute activité secondaire et non professionnelle exercée avec passion.

De nos jours, on utilise un autre terme au sens similaire, mais d'origine anglaise : « hobby ».

« Le Violon d'Ingres » est par ailleurs une célèbre photographie réalisée par Man Ray en 1924 qui représente Kiki de Montparnasse nue, de dos.

UNE VOIX DE STENTOR

Une voix de stentor est une voix puissante, si forte qu'elle impressionne, couvre les autres sons et peut être perçue de très loin.

On remarque l'apparition de cette expression dans le langage courant vers le XVIe siècle. Mais son origine date du VIIIe siècle avant Jésus-Christ, précisément dans les écrits d'Homère. La référence à un homme nommé Stentor se trouve dans *L'Iliade*, qui a pour thème la guerre mythologique de Troie qui voit s'affronter les Achéens et les Troyens.

Homère y dit de Stentor qu'il est doté d'« une voix de bronze, aussi forte que celle de cinquante hommes réunis ». Ce personnage ne participe pas à la guerre et n'apparaît dans l'œuvre qu'au titre de référence. La déesse Héra se serait servie de sa voix pour galvaniser les troupes grecques.

Selon la mythologie, Stentor perdit la vie, vaincu par le dieu Hermès lors, justement, d'un combat… vocal.

Les références à la mythologie ont richement nourri notre langue. En voilà un exemple !

« [...] le père Sorel appela Julien de sa voix de stentor : personne ne répondit. »

Stendhal, *Le Rouge et le noir* (1830)

Les vintages (mais tendance !)

AMUSER LA GALERIE

« Amuser, ou épater, la galerie » consiste à faire rire son public de façon quelque peu excessive.

Cette expression au caractère légèrement péjoratif a une origine sportive et date du XVIIe siècle. Le tennis et d'autres sports de raquette viennent du jeu de paume, activité pratiquée depuis un millénaire et dont les joueurs ne sont munis d'une raquette que depuis le début du XVIe siècle. Le long des terrains, se trouvait une galerie pour accueillir les spectateurs.

Or rapidement le mot « galerie » a désigné non plus seulement la structure accueillant le public mais le public lui-même. Pour amuser les spectateurs – donc la galerie –, les joueurs du jeu de paume faisaient des acrobaties et tentaient d'effectuer des coups spectaculaires. Progressivement, fut nommée « galerie » toute assistance et opinion publique.

Pour la petite histoire, la France commença à délaisser le jeu de paume au XVIIIe siècle.

UNE ARLÉSIENNE

Une « Arlésienne » désigne toute personne ou chose que l'on attend et qui ne vient jamais.

Elle n'a rien à voir avec la logeuse de Vincent Van Gogh, dont il peignit le portrait en 1888. L'Arlésienne de l'expression n'a jamais existé. Elle figure dans la nouvelle d'Alphonse Daudet *L'Arlésienne*, parue pour la première fois en 1866 dans le journal *L'Événement*, puis dans le recueil *Les Lettres de mon moulin*.

En 1872, un opéra, sur une musique de Georges Bizet, fut tiré de cette nouvelle. L'histoire est celle d'un jeune homme qui désire épouser une Arlésienne qu'il n'a rencontrée qu'une fois. Malheureusement, celle-ci ne se présente pas le jour des fiançailles, et l'amoureux se suicide.

Le personnage de l'Arlésienne n'apparaît donc jamais sur scène, et cette absence inspirera l'expression qui nous occupe pour désigner quelqu'un, une chose ou un événement que l'on espère, dont on parle, mais que l'on ne voit jamais arriver.

AVOIR DU PAIN SUR LA PLANCHE

« Avoir du pain sur la planche », c'est avoir beaucoup de choses à faire, un emploi du temps chargé, de nombreuses tâches à accomplir.

Mais le sens de cette expression a beaucoup évolué. Jusqu'au début du XXe siècle, elle signifiait « avoir assez de ressources pour affronter l'avenir sereinement ». À cette époque, il était possible de conserver le pain longtemps. Aussi, celui qui parvenait à en stocker une grande quantité chez lui n'avait pas de souci à se faire, il ne souffrirait pas de la faim.

Puis le pain de longue conservation a progressivement été remplacé par le pain acheté quotidiennement. On n'a plus eu de « pain sur la planche ». Mais l'expression est restée avec un sens différent, certainement en référence au travail du boulanger.

D'autres explications existent, parmi lesquelles les rations de pain distribuées à l'issue de condamnations aux travaux forcés ou la référence au bois, le « pin », travaillé par un menuisier sur son plan de travail.

C'EST LÀ QUE LE BÂT BLESSE

L'expression « c'est là que le bât blesse », née au XVe siècle, désigne la cause d'une difficulté ou d'une souffrance souvent psychologique et pointée de façon volontairement explicite.

Pour saisir sa signification, il faut en premier lieu nous attarder sur la définition d'un bât (et non un bas). Un bât était par le passé un dispositif en bois placé sur le dos des mulets ou des ânes et qui servait à accrocher des charges, le plus souvent très lourdes. Compte tenu de ce poids, si le bât était mal fixé, il pouvait faire souffrir l'animal. Le bât écorchait alors la bête, faisant de la blessure son point faible.

Appliquée aux hommes, l'expression revient ainsi à désigner la cause d'une souffrance qui laisse une cicatrice.

Notons que l'adjectif « bâté » existe également et se retrouve dans l'expression « un âne bâté », qui désigne un individu à la fois bête, ignorant et ridicule.

« Voilà très exactement, pensa Gustin en retirant sa capote, où le bât me blesse et les raisons de ma stupide évasion. Ma vie dans ce régiment est cruelle, mais on m'en parle comme d'un cours de vacances un peu sévère. »

Jacques Laurent, *Les Bêtises* (1971)

DÉFRAYER LA CHRONIQUE

Défrayer la chronique consiste à faire parler de soi, le plus souvent de façon négative en raison de ses actes ou de simples médisances.

Pourtant à l'origine, au XVIIe siècle, l'expression ne comportait aucune charge péjorative. La formule exacte de l'époque, « défrayer la compagnie », signifiait maîtriser l'art d'amuser des invités. « Défrayer » consistait déjà à « payer pour autrui » ou à « faire les frais de ». Or celui qui entretenait l'amusement général était précisément celui qui alimentait la conversation avec ses nouvelles ou ragots. On riait à son propos, à ses frais. Il est donc logique qu'il ait « défrayé ».

Quant à la chronique, ce fut d'abord un ouvrage listant des faits dans leur ordre chronologique. Puis, au XVIIe siècle, le terme désigna en outre des informations sans grande importance échangées à propos de tiers, à leur insu.

Il est ainsi devenu possible de « faire la chronique » de ceux qui la défraient régulièrement !

DONNER DES NOMS D'OISEAUX

Donner des noms d'oiseaux à quelqu'un consiste à l'injurier. Cependant, les termes employés sont souvent moins brutaux que de véritables insultes.

L'origine de cette expression, qui date du XIXe siècle, est très simple à comprendre : depuis des siècles – bien avant le XIXe, donc –, l'homme utilise le nom de certains oiseaux comme autant d'insultes.

En voici quelques exemples : on dira de quelqu'un de limité intellectuellement qu'il a « une cervelle de moineau » ; on traitera de « bécasse » ou de « dinde » une femme idiote ; de « pie », un individu trop bavard ; de « buse », un ignorant ; d'« autruche », celui qui refuse de voir la vérité en face ; de « grue », une femme de petite vertu ; de « corbeau », l'auteur de dénonciations anonymes ; ou encore de « poule mouillée », celui qui est peureux... Et la liste n'est pas exhaustive !

C'est pourquoi l'expression « donner des noms d'oiseaux » a pu voir le jour sans trop de difficulté.

DU DERNIER CRI

La formule « dernier cri » permet de souligner le caractère récent d'une pratique ou d'une chose, souvent en rapport avec la mode.

Dès l'Antiquité, il exista des crieurs publics qui se déplaçaient de localité en localité pour lire des textes. Arrivés dans un village, ils prenaient place à des endroits très fréquentés, comme les parvis des églises au Moyen Âge. Là, la population pouvait les écouter déclamer leurs textes, annoncer les nouvelles importantes, décisions, décrets ou ordonnances royales, mais aussi sentences, décisions de justice ou bans.

L'expression « annonces de dernier cri » vit alors le jour pour désigner ces informations. Appellation parfaitement compréhensible puisque les toutes dernières nouvelles étaient aussi les toutes dernières criées.

Avec le temps, l'expression s'appliqua non seulement aux informations ayant un caractère officiel mais aussi à tous types de nouvelles. Dans certains villages suisses, on trouvait encore des crieurs de rue dans les années 1960.

UN ENFANT DE LA BALLE

Un « enfant de la balle » est une personne, le plus souvent un artiste, qui a été élevée dans un milieu artistique.

Plusieurs hypothèses coexistent quant à l'origine de cette expression. La plus communément admise date du XVIIe siècle. Elle est en lien avec le jeu de paume, l'ancêtre du tennis. La « balle » de l'expression serait donc celle de ce jeu de raquette. Quant à l'« enfant », il s'agirait du fils du maître du jeu de paume, qui grâce à l'enseignement de son père a atteint un excellent niveau dans la pratique de ce sport.

L'application postérieure de cette expression au monde artistique est plus confuse. Il semblerait que celle-ci soit due à l'utilisation des salles de jeu paume par les artistes et leurs enfants pour les répétitions de leurs spectacles.

« [...] un homme qui n'était pas enfant de la balle, et qui avait appris la musique tout seul. »

Rousseau, *Les Confessions* (1782-1789)

ENTRER EN LICE

Celui qui s'engage dans une compétition « entre en lice ».

Le mot « lice » vient du francique *listja*, qui signifiait « barrière » au XIIe siècle. Durant les tournois au cours desquels se déroulaient des combats entre chevaliers, la lice délimitait l'aire de l'affrontement, consistant principalement à tenter de désarçonner l'adversaire.

Les chevaliers entraient en lice quand ils pénétraient dans l'espace clos dédié aux tournois et que, par extension, ils entraient en compétition. Cette expression a ainsi évolué pour devenir un synonyme de « combattre ». Puis au XVIIIe siècle, on l'employa non seulement à propos de tous types d'affrontements, mais aussi au sens figuré pour celui qui va au combat, même s'il est pacifique, comme en politique.

On retrouve la même idée dans l'expression « rester en lice » employée pour tout participant à une compétition qui n'en est pas encore éliminé et qui continue de se battre pour la gagner. « Être en lice » est souvent employé dans le monde des prix littéraires.

ÊTRE SOUS LA FÉRULE DE QUELQU'UN

« Être sous la férule » signifie « être placé sous l'autorité d'une tierce personne », le plus souvent d'une grande sévérité.

La férule commune est une plante qui ressemble à un roseau et pousse dans les régions méditerranéennes. Autrefois, sa tige extrêmement rigide une fois sèche servait à fabriquer des férules, les règles tant redoutées par les élèves du siècle dernier dont se servaient les professeurs pour taper sur les doigts des enfants récalcitrants. Certains historiens pensent que déjà les Romains en utilisaient pour battre les écoliers et les esclaves.

À la fin du XVIIe siècle, le *Dictionnaire de l'Académie française* valida le mot « férule » pour désigner une règle de bois. Mais l'expression était apparue dans le langage courant bien avant, au début du même siècle.

Même si la pratique a aujourd'hui disparu des salles de classe, la langue a conservé la référence à cet instrument, symbole de l'apprentissage dans la souffrance pour désigner une rude autorité.

FAIRE CHOU BLANC

« Faire chou blanc » consiste à échouer dans sa tâche ou la réalisation de son projet.

Deux hypothèses coexistent quant à l'origine de cette expression. Si toutes deux considèrent que « chou blanc » vient de « coup blanc », il ne s'agirait cependant pas du même « coup ».

La première explication semble la plus plausible. Au XVIe siècle, le jeu de quilles était très populaire. Or dans certaines langues régionales de l'époque, un coup se disait un « choup ». Si un des joueurs ratait la quille ou bien ne marquait aucun point, donc quand il avait fait « coup blanc », on disait « choup blanc » en berrichon, par exemple.

Cette explication semble plus pertinente que la seconde, selon laquelle le « coup blanc » serait un coup de feu. En effet, les anciennes armes produisaient une fumée blanche lors de chaque tir. Et même si la cible n'était pas atteinte, une fumée blanche s'en échappait.

FAIRE UN FIASCO

Un fiasco est un échec complet et notoire.
Une représentation théâtrale peut ainsi être un fiasco en raison d'une mauvaise préparation.

Le mot « fiasco », d'origine italienne, signifie « bouteille ». Il est devenu synonyme d'insuccès en raison de la mésaventure d'un acteur du XVIIe siècle, Biancolelli, qui jouait à Florence le rôle d'Arlequin. Au cours de la pièce, un objet entre les mains, il devait tenir un discours comique concernant cet objet. La mise en scène était d'habitude très efficace, et les spectateurs riaient beaucoup.

Mais un soir, Biancolelli connut un revers. Alors qu'il se présentait sur scène avec une bouteille à la main, il ne réussit pas à faire rire le public. Pour se sortir de cette situation gênante, l'acteur prit à parti son *fiasco*, l'accusant d'être à l'origine de ce bide.

Depuis, quand un artiste connaît un échec, on dit qu'il a « fait un fiasco » ou « fait fiasco ». De nos jours, l'expression s'applique à de nombreuses activités humaines autres que théâtrales.

« Vous ne savez pas ce que c'est que le théâtre : nous risquons toujours un fiasco. »

Jean Anouilh, *Ornifle* (1956)

IL Y A DE L'EAU DANS LE GAZ

Quand « il y a de l'eau dans le gaz », cela signifie qu'il y a un désaccord entre plusieurs personnes, souvent un couple : la dispute est alors imminente.

Cette métaphore trouve son origine au début du XXe siècle.

À cette époque, la cuisine se fait au gaz. Aussi l'explication la plus communément admise est la suivante : lorsqu'une casserole posée sur le feu qui fonctionne au gaz déborde, l'eau qui s'y trouve peut faire vaciller la flamme. De la fumée peut alors s'échapper, et la situation devenir critique ! Car si la flamme s'éteint complètement, la fuite du gaz fait courir un risque d'explosion dans l'habitation. Cet état de danger latent dû à l'eau entrée en contact avec le gaz explique bien le sens de cette expression.

Par ailleurs, l'eau qui s'évapore crépite au contact du feu. Ce crépitement rappelle le ton qui monte avant une franche dispute.

Quand il y a de l'eau dans le gaz, la situation est donc vraiment explosive !

JETER L'ÉPONGE

« Jeter l'éponge » consiste à abandonner la réalisation d'une tâche.

Cette expression tire son origine du monde sportif. On la doit à un geste que l'on vit pour la première fois sur les rings de boxe en Angleterre au XIXe siècle. À cette époque sont nées les règles auxquelles se soumettent les pratiquants du noble art. Entre deux rounds, les boxeurs s'assoient dans leur coin. Face à eux, leurs entraîneurs respectifs les rafraîchissent et leur nettoient le visage avec une éponge. Si pendant le combat un poulain prend trop de coups, l'entraîneur peut jeter son éponge sur le ring pour indiquer son souhait de mettre fin à la rencontre.

On voit apparaître cette expression à la fin du XIXe siècle en Angleterre, puis très rapidement en France au début du XXe, pour un usage d'abord limité à la boxe, puis étendu à d'autres domaines dans lesquels aucune éponge n'est d'ailleurs utilisée !

L'AFFAIRE EST DANS LE SAC

L'affaire qui est dans le sac est entendue. Elle est terminée, le problème est réglé, l'accord est trouvé. On ne reviendra plus dessus.

On doit cette expression au monde judiciaire sous l'Ancien Régime. À cette époque, comme encore en grande partie de nos jours, toutes les pièces utilisées lors d'un procès étaient sous forme de papier. Les avocats, à la fin de leur plaidoirie, ou les juges, une fois le verdict rendu, rangeaient leurs documents dans de grands sacs de toile. L'affaire était donc littéralement dans le sac ! Le juge déclarait d'ailleurs : « L'affaire est dans le sac » lorsque celle-ci avait été jugée et ne serait pas réexaminée. De même, pour conserver ces documents classés, on avait recours à ce type de sacs.

L'avocat, persuadé qu'il n'aurait pas à les ressortir pour les utiliser, compte tenu de la qualité de son travail, tout comme le juge, eu égard au caractère définitif de sa décision, donnaient ainsi à cet acte une tonalité irrévocable.

LE TORCHON BRÛLE

Si « le torchon brûle » entre deux personnes, cela signifie qu'un désaccord est parvenu à son paroxysme et a mué en vraie dispute.

Cette expression trouve son origine au XIIe siècle. À cette époque, un « torchon » est un coup brutal. On dirait aujourd'hui une « châtaigne ». À l'occasion d'une bagarre, si l'un des adversaires avait essuyé un grand nombre de torchons – donc de coups –, on disait qu'il avait « pris des torchons qui brûlent ».

Dès le XVIIIe siècle, l'expression couvrit une réalité plus large, ne se cantonnant plus aux bagarres physiques mais s'étendant aux disputes et aux francs désaccords.

Le torchon de notre expression n'est donc pas le rectangle de tissu qui se trouve dans les cuisines pour essuyer la vaisselle, même s'il faut admettre qu'il brûle souvent quand il y a « de l'eau dans le gaz » !

LES DÉS SONT PIPÉS

Si les « dés sont pipés », le hasard n'a plus sa place. Il a été remplacé par une manœuvre frauduleuse, une tromperie.

Au sens propre, les dés à jouer peuvent être alourdis sur une face afin d'augmenter la fréquence de sortie de la face opposée.

Cette expression a pour origine le langage en cours dans le monde de la chasse au Moyen Âge. À cette époque, un « pipet » était une sorte de flûte permettant d'imiter le cri des oiseaux, afin de les attirer, les tromper et faciliter ainsi leur chasse. De cette pratique fut tiré le verbe « piper », et le nom de la technique elle-même, la « pipée » ou la « chasse à la pipée ».

Ainsi l'adjectif « pipé » fut rapidement utilisé pour désigner tout objet au fonctionnement modifié volontairement, truqué. Puis on a eu recours à cette expression au sens figuré pour tout type de situation faussée.

MANGER SUR LE POUCE

On « mange sur le pouce » quand on déjeune ou dîne dans la hâte, sans prendre le temps de profiter du repas.

On trouve la première trace de cette expression au XIXe siècle. Elle est directement liée à une pratique particulièrement développée à cette époque, par exemple sur les chantiers, mais que l'on observe encore de nos jours.

Quand le temps manque pour s'asseoir confortablement et manger dans des assiettes avec fourchette et couteau, on peut tout simplement couper une tranche de pain et se préparer des tartines ou un sandwich. Pour couper le pain, on utilise le pouce comme appui ; celui-ci permet de maintenir la nourriture ainsi coupée entre la lame et la main pour pouvoir la porter à la bouche. Ce doigt a donc un rôle particulièrement important quand on mange rapidement. Les esprits tatillons feront remarquer qu'en réalité on ne mange pas « sur » le pouce, mais plutôt « grâce » à lui…

MÉNAGER LA CHÈVRE ET LE CHOU

« Ménager la chèvre et le chou » consiste à satisfaire deux avis ou intérêts divergents. L'usage du verbe « ménager » se comprend aisément. Il s'agit de prendre soin de quelque chose ou de quelqu'un.

Cette expression née au XIIIe siècle décrit la difficulté qu'il y a, en présence d'une chèvre et d'un chou, à garder le chou intact et la chèvre calme. Leurs intérêts sont opposés : si on ne fait rien, la chèvre dévorera le chou rapidement. Il faut donc une grande habileté pour préserver le légume !

Pour certains, l'expression trouverait son origine dans une énigme : comment faire traverser une rivière à un loup, une chèvre et un chou, dans une barque ne pouvant transporter que l'un d'entre eux à la fois sans qu'aucun des trois ne se fasse dévorer ? Il convient pour cela de ne pas laisser ensemble sur la rive le loup et la chèvre, ni la chèvre et le chou. Il faut tout d'abord faire passer la chèvre, revenir pour le chou et le déposer, pour ensuite repartir en emportant la chèvre. Puis laisser la chèvre et prendre le loup, et enfin revenir chercher la chèvre... En protégeant (ménageant) la chèvre du loup, et le chou de la chèvre, tout le monde arrive entier ou sain et sauf sur l'autre rive !

MENER À LA BAGUETTE

Cette expression signifie « commander avec autorité ».
Mais de quelle baguette s'agit-il ?

Est-ce une référence à la baguette du boulanger ? À celle du batteur ? Du chef d'orchestre ? Ou encore aux baguettes qui peuvent remplacer les fourchettes ? Aucune de celles-ci.

Le terme « baguette » viendrait du latin *baculum*, qui signifie « bâton ». Selon les auteurs, deux types de bâton doivent être envisagés.

D'abord l'expression puiserait son origine dans le monde des armées, où les plus hauts gradés dirigeaient leurs troupes avec une épée qui ressemblait à une règle en bois, assimilable à une baguette.

La seconde hypothèse fait plutôt référence à un objet utilisé naguère par les professeurs dans certaines écoles : la baguette en question serait celle dont se servaient les instituteurs pour faire obéir leurs élèves.

MONTRER PATTE BLANCHE

« Montrer patte blanche », c'est présenter un signe de reconnaissance pour être autorisé à accéder à un lieu. Ce geste prouve que l'on est digne de confiance.

Cette expression semble trouver son origine, ou du moins l'explication de sa popularisation, dans une fable de Jean de La Fontaine qui date de 1668, *Le Loup, la chèvre et le chevreau*. Dans cette histoire, la chèvre doit s'absenter et laisser son chevreau seul. Elle lui recommande de n'ouvrir à personne, d'être méfiant et d'attendre son retour.

Consigne supplémentaire : le chevreau devra demander à voir la patte du visiteur avant d'ouvrir, pour vérifier sa couleur. Si celle-ci est blanche comme celle de sa mère, il pourra le laisser entrer. Si elle est grise ou noire comme celle du loup, il devra garder porte close.

Il faudra attendre plus de deux siècles après la mort de La Fontaine pour trouver cette expression reprise dans un ouvrage.

UNE NOTE SALÉE

Une note ou une addition « salée » est une facture d'un montant élevé. Cette expression induit aussi l'idée que la somme à payer est bien supérieure à celle imaginée.

Passée la surprise qu'elle peut représenter, celui qui doit s'en acquitter peut légitimement s'interroger sur l'origine de son appellation !

Deux hypothèses coexistent. Selon la première, on doit cette expression à un impôt du Moyen Âge sur le sel, la gabelle. La vente du sel était à l'époque un monopole royal. Or ce produit était pour la population le seul moyen de conserver les aliments. S'appliquant à un produit indispensable à tous les foyers, la gabelle fut très impopulaire et à l'origine de révoltes et de soulèvements.

Selon une autre hypothèse, l'expression s'explique tout simplement par le goût du sel. En trop grande quantité dans un plat, il rend celui-ci littéralement difficile à avaler, à l'image de l'addition qui resterait en travers de la gorge de celui qui serait dans l'obligation de s'en acquitter.

ŒIL DE LYNX

Celui qui a un « œil de lynx » est doté d'une vue perçante. Au figuré, cette expression exprime la sagacité.

Contrairement à l'explication qui semble la plus logique, il ne s'agit pas d'attribuer aux êtres humains la vision particulièrement aiguisée d'un animal dont les performances en la matière n'ont rien de particulier.

Il s'agit en revanche d'une référence directe à un personnage de la mythologie grecque nommé Lyncée, l'un des cinquante-six Argonautes, les héros de l'équipage de l'*Argo*, le bateau sur lequel Jason partit en quête de la Toison d'or. Lyncée avait le don de voir à travers les nuages, les rochers et les murs, et même jusqu'au fond de la mer. Sa vision était donc extraordinaire.

Ensuite, par confusion et association entre l'animal et le don de Lyncée, l'expression vit le jour dans le langage courant.

« Comme les yeux fabuleux du lynx, mes yeux perçaient les murailles et j'aurais dit ce qui se passait dans la pièce à côté. »

Théophile Gautier, *Mademoiselle de Maupin* (1835-1836)

LA PETITE REINE

L'expression « la petite reine » désigne le vélo.

Il existe deux hypothèses quant à l'origine de cette expression. La première vient des Pays-Bas, où la reine Wilhelmine d'Orange-Nassau, qui accéda au trône en 1890, à l'âge de dix ans, se déplaçait très fréquemment à bicyclette. Une reine amatrice de vélo !

L'expression fut pour la première fois utilisée dans un article de *La France illustrée* datant de 1898, pour parler de la reine elle-même – qui était encore jeune, donc « petite » – à l'occasion de l'une de ses visites en France. Puis, progressivement, la « petite reine » aurait désigné la bicyclette elle-même.

La deuxième hypothèse se réfère à un livre écrit par l'ancien rédacteur du magazine *Vélo*, Pierre Giffard. En 1891, celui-ci publia un ouvrage traitant de « l'histoire du vélocipède, des temps les plus reculés jusqu'à nos jours » sous le titre *La Reine Bicyclette*. Devenue ensuite « la petite reine », l'expression passa dans le langage courant.

PORTRAIT CRACHÉ

Si quelqu'un est le portrait craché d'un tiers, cela signifie qu'il lui ressemble beaucoup, que son apparence physique est très proche.

L'expression est étonnante, car on ne crache pas un portrait ! De surcroît, elle semble porter à tort une connotation péjorative.

Les linguistes avancent deux hypothèses sur l'origine de cette expression apparue au XVe siècle.

Selon la première, il y aurait eu une assimilation progressive entre le crachat et la parole. Cracher serait parler. Et parler pour décrire une réalité, c'est un peu la recréer à l'identique. En crachant par la parole, on reproduirait donc un fait. Un portrait craché serait donc un portrait reproduit.

La seconde hypothèse se base sur le fait que le crachat lui-même est parfois associé à la reproduction. Il existe en effet une analogie chez certains peuples entre la salive expulsée de la bouche et le sperme. Or se reproduire consiste à générer un être au moins partiellement identique à son géniteur…

LA PUCE À L'OREILLE

La puce à l'oreille est un indice. « Avoir la puce à l'oreille » signifie donc « se douter de quelque chose », tandis que « mettre la puce à l'oreille » veut dire « éveiller les soupçons ».

Cette expression est employée depuis de nombreux siècles, mais sa signification a évolué. Au XIIIe siècle, les puces sont répandues, et en être porteur est fort désagréable. Malgré cela, l'expression signifie alors « provoquer ou avoir du désir », notamment féminin.

Mais au XVIIe siècle, elle revêt un sens différent et s'emploie quand une personne est inquiète ou que son comportement semble agité, comme si des puces la démangeaient.

Il semble ensuite que l'expression ait pris son sens actuel. À voir quelqu'un s'agiter, on pensait connaître la cause de son inconfort : les puces. Ainsi, avoir la puce à l'oreille consiste bien à avoir un indice sur une situation donnée.

REGAGNER SES PÉNATES

« Regagner ses pénates »
signifie « rentrer chez soi ».

Utilisé chez les Romains, le terme « pénates » vient d'une part du latin *penus*, l'intérieur de la maison, le garde-manger, et d'autre part de *penates*, les dieux protecteurs du foyer, plus particulièrement chargés de veiller sur les biens et le feu. Chaque famille décidait librement quels dieux allaient être leurs pénates.

Une fois choisis, les dieux se transmettaient de génération en génération. Un autel leur était le plus souvent dédié dans la maison, et si la famille venait à déménager, elle emportait avec elle ses pénates. On trouve trace de cette coutume dans l'expression « installer ses pénates », où les « pénates » sont les objets que l'on emporte lors d'un déménagement et qui ont de la valeur à nos yeux.

Aujourd'hui, « regagner ses pénates » signifie donc « rejoindre son foyer », un lieu où l'on se sent en sécurité.

RONGER SON FREIN

« Ronger son frein » consiste à s'efforcer de contenir l'envie de réaliser un acte. Il s'agit donc de se retenir dans la frustration, malgré une vive impatience.

Cette expression est apparue au Moyen Âge, une époque à laquelle le cheval avait une grande importance dans la vie quotidienne. Dès le XIIe siècle, on utilisa le mot « frein » pour désigner ce que nous nommons aujourd'hui « mors », c'est-à-dire le dispositif métallique placé dans la bouche du cheval et qui, relié aux rênes, permet de guider l'animal.

Quand il n'est pas monté et qu'il subit un repos forcé, le cheval peut trépigner d'impatience et, pour tromper l'ennui, ronger son mors en attendant de pouvoir à nouveau galoper. Il ronge donc son frein au sens propre. L'homme qui réfrène son envie d'agir ou de s'exprimer en fait de même, mais au figuré.

« Elle portait sans effort son double fardeau, couchant les oreilles et rongeant son frein, comme une fière et ardente jument qu'elle était. »

George Sand, *La Mare au diable* (1846)

SE METTRE MARTEL EN TÊTE

« Se mettre martel en tête » signifie « être inquiet au sujet d'une personne ou d'une situation ».

À première vue, il s'agirait d'une référence directe à Charles Martel, grand-père de Charlemagne. Mais il n'en est rien. Le « martel » dont il est ici question est un ancien outil, une sorte de marteau.

À l'origine, c'est-à-dire au XVIe siècle, « avoir martel » signifiait « être perturbé par un sentiment de jalousie ». Mais rapidement, l'expression prit le sens de « se faire du souci » en général.

La métaphore est claire et très parlante. Elle compare les tourments, les interrogations répétées et le questionnement ininterrompu à des coups de marteau sur la tête.

C'est au XVIIIe siècle que l'expression prit le sens actuel pour désigner l'obsession liée à diverses préoccupations. Le verbe « marteler » en découle. On peut ainsi lire sous la plume de Voltaire : « Je viens pour soulager le mal qui me martèle. »

SOUS LA HOULETTE DE QUELQU'UN

On peut dire de quelqu'un qui se trouve sous le commandement, la protection ou la conduite d'une autre personne qu'il est « sous sa houlette ».

Par exemple, des adolescents qui souhaitent devenir sportifs professionnels peuvent être placés pour la durée d'un stage sous la houlette d'un entraîneur célèbre et respecté.

Cette expression est une métaphore pastorale datant du XIIIe siècle. La houlette est en effet un bâton de berger utilisé depuis cette époque, dont le haut est recourbé pour former un crochet, un peu comme la crosse des évêques. Il est ainsi facile pour le berger d'attraper les animaux par les pattes. De plus, à son extrémité se trouve une plaque métallique incurvée qui permet aux bergers de saisir et de projeter des cailloux ou des mottes de terre sur les animaux, brebis, vaches ou moutons, qui sortent du troupeau.

L'expression traduit parfaitement cette idée de chaperonnage et de cadre imposé.

SOUS LES FEUX DE LA RAMPE

Celui qui se trouve « sous les feux de la rampe » bénéficie d'une exposition publique. Mais de quelle rampe s'agit-il au juste ? Et pourquoi serait-elle en feu ?

Cette expression trouve son origine dans le monde théâtral. Dans les salles de spectacle du XVIIe siècle, la scène était éclairée grâce à des chandelles disposées à l'arrière. Mais cet éclairage était insuffisant, et les spectateurs distinguaient mal les comédiens.

Les metteurs en scène décidèrent alors de déplacer les chandeliers et de les installer sur une planche, la rampe, située à l'avant de la scène. Être « sous les feux de la rampe » signifiait donc simplement « être sur scène ».

Au XXe siècle, malgré le recours à l'électricité pour éclairer les théâtres, l'expression continua d'être employée. Sa signification s'élargit cependant pour traiter des personnes qui, même de façon temporaire, se trouvent sous les projecteurs, de quelque nature qu'ils soient.

TENIR LE HAUT DU PAVÉ

Celui qui « tient le haut du pavé » profite d'une position sociale élevée. Il ne s'agit pas ici de surmonter un seul pavé, mais au contraire un ensemble de pavés situés plus bas que les autres.

Les rues en France n'ont pas toujours été plates et goudronnées. Au Moyen Âge, elles étaient pavées et concaves. Ainsi la chaussée était plus basse au centre que sur les côtés, là où elle rejoignait les murs des maisons. Les eaux usées coulaient dans la partie centrale. En l'absence de trottoirs, les passants marchaient donc sur les parties les plus élevées.

Or lorsque deux personnes se croisaient, il était de coutume que la moins fortunée quitte la partie haute pour laisser passer la plus riche, puisque l'étroitesse des rues empêchait que deux individus restent au même niveau. La personne de la classe sociale la plus élevée tenait donc toujours le « haut du pavé », afin de ne pas salir ses vêtements dans la partie basse.

TIRE-AU-FLANC

On peut dire d'une personne fainéante, qui cherche continuellement à échapper à l'effort et au travail, qu'elle est un « tire-au-flanc ».

Cette expression est apparue au milieu du XIXe siècle dans le vocabulaire de l'armée de terre. À cette époque, les affrontements causant le plus de pertes, en particulier en vies humaines, avaient toujours lieu à l'avant des troupes. Par contraste, il y avait moins de dégâts sur les côtés, car ces zones de combats ne subissaient presque jamais d'attaques directes.

Aussi, certains soldats parmi les moins courageux fuyaient-ils les premières lignes du front par peur de mourir, préférant prendre place sur les côtés. Ils « tiraient au flanc », au sens propre.

Ce comportement sévèrement jugé par les combattants plus téméraires conduisit ces derniers à traiter de « tire-au-flanc » ceux qui manquaient cruellement d'héroïsme sur le champ de bataille.

Par la suite, l'expression garda une connotation moqueuse mais s'appliqua à tous les domaines de la vie dans lesquels une tâche doit être accomplie.

« […] tu passeras la visite, on saura que tu tires au flanc et on te renverra au quartier avec quatre jours de prison. »

Courteline, *Les Gaîtés de l'escadron* (1895)

TIRER SON ÉPINGLE DU JEU

« Tirer son épingle du jeu » consiste à se tirer d'affaire, à tirer un bénéfice d'une situation, ou du moins à la quitter sans dommages.

Il faut tout de suite souligner l'allusion érotique, puisque l'épingle en question serait la représentation symbolique du sexe masculin. À l'époque où l'expression est née, au XVe ou XVIe siècle, il n'existait pas de moyen de contraception efficace : les hommes qui ne souhaitaient pas devenir pères devaient retirer au bon moment leur « épingle » du jeu amoureux.

Mais l'expression trouverait surtout son origine dans un jeu d'enfant, dit le « jeu des épingles ». Celui-ci consistait, à l'aide d'une balle que les fillettes envoyaient contre un mur, à déloger des épingles disposées dans un cercle sur le sol, près du mur. L'objectif pour chaque joueuse était de récupérer au moins l'épingle qu'elle avait mise en jeu.
Dès lors, on comprend aisément pourquoi « tirer son épingle du jeu » prit le sens de « réussir à sauvegarder ses intérêts ».

UNE VICTOIRE À LA PYRRHUS

Une victoire à la Pyrrhus est une victoire qui donne lieu à de lourdes pertes pour le gagnant.

Cette expression fait référence aux dommages considérables subis par l'armée du roi Pyrrhus d'Épire face aux Romains pendant les batailles d'Héraclée et d'Ausculum, au IIIe siècle avant Jésus-Christ.

Pyrrhus était un dangereux adversaire de l'Empire romain. Mais malgré ses victoires lors de ces affrontements, les batailles décimaient ses troupes. Car si les Romains tombés au combat étaient toujours remplacés, cela était plus difficile dans l'armée de Pyrrhus, qui comptait moins de soldats. À tel point que le roi aurait prononcé ces mots : « Si nous devons remporter une autre victoire sur les Romains, nous sommes perdus. »

Les victoires n'étaient donc pas susceptibles de réjouir Pyrrhus. Elles avaient même un goût amer.

Malgré son origine militaire, l'expression est utilisée dans de nombreux autres domaines, comme la politique ou encore le sport.

VIEUX COMME HÉRODE

« Vieux comme Hérode » signifie « d'un âge très avancé ».

Il s'agit d'une référence à Hérode Ier, roi de Judée au Ier siècle avant Jésus-Christ, qui rendit la Judée extrêmement puissante en ayant recours à des méthodes jugées cruelles : par exemple, il tua ses propres enfants pour prolonger son règne.

Il est possible que son nom ait été repris dans l'expression, car Hérode le Grand vécut très âgé pour l'époque, soixante-neuf ans, quand le peuple mourait le plus souvent trente ans plus tôt.

Mais pour certains spécialistes, ce n'est pas l'âge atteint par Hérode qui explique l'expression, mais plutôt l'allusion à son époque très ancienne. Tandis que pour d'autres, l'expression renverrait à la succession sur le trône de six Hérode sur une période de près de deux cents ans.

VOIR MIDI À SA PORTE

« Voir midi à sa porte » signifie « considérer les choses selon ses intérêts propres, évaluer une situation de son seul point de vue et d'après des critères personnels ».

Cette expression date de l'époque qui a précédé l'invention des horloges. Pour connaître l'heure, il fallait alors consulter des cadrans solaires. Les habitants de villages disposaient de tels cadrans chez eux, le plus souvent sur le mur au-dessus de la porte d'entrée.

Cependant, toutes les habitations n'étaient pas orientées vers le soleil de façon identique. De plus, les cadrans pouvaient avoir été réalisés avec plus ou moins de soin et de précision. Aussi leur consultation pouvait-elle donner lieu à la lecture d'heures différentes d'une maison à l'autre. Alors qu'il était midi chez l'un, il pouvait être midi et quelques minutes chez l'autre.

Mais chacun ne faisait bien entendu confiance qu'à son propre cadran et voyait par conséquent « midi à sa porte » !

Les familières

À LA QUEUE LEU LEU

Cette expression date du Moyen Âge.

À l'époque, il était fréquent de croiser des loups dans les forêts de France. C'est pourquoi cet animal, comme le renard, a tenu une place importante dans l'imaginaire des populations.

Dès le XIe siècle, on utilisa en français médiéval le terme « leu », dérivé du latin *lupus*, pour désigner un loup. Quand il se déplace, le loup est rarement seul. Or les meutes de loups progressant dans la nature le font le plus souvent les uns derrière les autres. Ainsi a-t-on vu naître l'expression « à la queue du leu, un leu » c'est-à-dire « à la queue d'un leu, un autre leu », ou en français moderne « derrière un loup, un autre loup ».

Avec le temps, l'expression a été simplifiée par l'abandon des articles. On en trouve la première trace écrite au XVIe siècle dans *Gargantua* de Rabelais.

AVOIR UN POIL DANS LA MAIN

« Avoir un poil dans la main » signifie
« être fainéant ou paresseux ».

L'image est aisément compréhensible : quand un individu est un si grand oisif qu'il utilise peu ses mains, l'absence de frottements permet aux poils d'y pousser !

L'origine exacte de l'expression n'est pas attestée, mais il est certain que le poil y symbolise la paresse coupable. Alors même que le corps humain empêche la réalisation physique de cette expression, celle-ci a vu le jour dès le XIXe siècle.

Depuis, le langage parlé comme la littérature l'utilisent beaucoup. Comme Catherine Challandes, dans son livre *L'Escarpolette* publié en 1990 : « Lui, on ne le voyait pour ainsi dire jamais, il devait avoir un poil dans la main, ce qui lui permettait d'écouter la radio à longueur de journée. »

Dans certaines régions de France, le poil est remplacé par un palmier ou un baobab, pour accentuer l'effet comique.

ÇA FAIT DES LUSTRES

« Ça fait des lustres » signifie « ça fait très longtemps ».

L'expression date du XVIIe siècle. Les lustres en question n'étaient en aucun cas des appareils d'éclairage suspendus au plafond des salons. Le terme fait ici référence à l'unité de temps du même nom, qui correspondait à une durée de cinq ans dans la Rome antique. À cette époque, le lustre était par ailleurs une cérémonie de purification effectuée avant les recensements, qui avaient lieu tous les cinq ans. À cette occasion étaient aussi élus les censeurs, c'est-à-dire les hauts magistrats, le plus souvent choisis parmi les anciens consuls.

Le lustre désignait donc tout aussi bien la cérémonie que le laps de temps s'écoulant entre deux lustres cérémoniels.

Par extension, et toujours au pluriel, « des lustres » a pris le sens d'une période à la fois étendue et imprécise, contrairement au sens initial.

C'EST COTON

On peut dire d'une situation qu'elle est « coton » pour indiquer à quel point elle est difficile, pénible.

Dans l'argot du XIXe siècle, « coton » voulait dire « difficile ». Pour comprendre pourquoi cette fibre végétale a acquis cette signification, il faut rappeler le caractère extrêmement fastidieux de sa production, notamment pour fabriquer du coton de bonne qualité. Il fallait dans ce cas que les ouvriers soient particulièrement attentifs à leurs gestes, afin de tisser sans irrégularités ni imperfections. Application à laquelle s'ajoutaient des risques en matière de santé pour ceux qui travaillaient dans les locaux de filature ou de tissage, dont l'air pouvait être saturé de poussière.

Au départ cantonnée au domaine industriel, l'expression « c'est coton » s'en est émancipée au cours du XIXe siècle pour s'appliquer, au sens figuré, à toute activité contraignante ou déplaisante.

COMME CUL ET CHEMISE

Deux personnes dites « comme cul et chemise » jouissent d'une très grande complicité et sont inséparables, liées par une franche et profonde amitié.

Dès 1640, le linguiste Antoine Oudin utilisait une expression très proche : « Ce n'est qu'un cul et une chemise. Ils sont toujours ensemble ; ils ont de grandes intelligences. »

La mention du « cul » et de la « chemise » souligne simplement le caractère inséparable des deux parties, comme le lien qui existe entre le corps et le vêtement. Car les chemises de l'époque étaient très différentes de celles que nous connaissons aujourd'hui. Elles ressemblaient plutôt à de longues chasubles et constituaient véritablement l'ancêtre des sous-vêtements modernes, puisque la chemise couvrait le « cul ».

« Je t'adore. Nous ne nous quittons pas.
Nous sommes comme cul et chemise [...].
– Tu vois, tu dis encore des gros mots exprès
pour me mettre mal à l'aise. »

Jean Anouilh, *Ornifle* (1955)

COUP DE POMPE

Un « coup de pompe » est une brusque baisse d'énergie. Celui qui le subit ressent une fatigue aussi soudaine qu'intense.

Cette expression est née au début du XXe siècle. La pompe dont il est question n'est pas à l'origine celle utilisée par les cyclistes, même si l'expression rencontrera dans ce domaine un certain succès. C'est une référence directe aux courants d'air d'altitude qui peuvent faire monter ou descendre brusquement les avions en vol.

Pour un pilote, subir un « coup de pompe » signifie le plus souvent « chuter soudainement », être tiré vers le bas comme si l'avion perdait toute énergie sous l'effet d'une pompe.

Il faut également souligner que les passagers peuvent sortir épuisés d'un tel vol, ce qui peut avoir contribué à donner tout son sens à l'expression. Ensuite, celle-ci a été utilisée dans le milieu du cyclisme pour souligner la fatigue passagère de certains coureurs, sans que la pompe située sur leur vélo y soit pour quelque chose !

DE LA CROTTE DE BIQUE

On dit de telle chose qu'il s'agit « de crotte de bique », pour souligner son insignifiance.

Le mot « crotte » est synonyme d'excrément. Mais pourquoi celle de la bique serait-elle particulièrement sans valeur ? Il faut la comparer avec celle d'autres animaux de la ferme, comme les vaches ou les chevaux. Ceux-ci produisent des excréments dans des proportions bien plus importantes, comparées au fin chapelet de minuscules boules dont la bique se contente.

Outre la quantité, la qualité est également bien moindre. Si le crottin de cheval ou les bouses de vache peuvent être utilisés comme engrais naturel ou combustible, rien de tel n'est possible avec les crottes de bique.

Sans aucune utilité particulière et ridiculement petite, la crotte de bique traîne tristement son caractère négligeable, tant sur les chemins de campagne que dans nos conversations...

DERNIER CARAT

« Dernier carat » signifie
« dernière limite » dans le temps.

On utilise cette expression depuis le XIXe siècle à propos d'un délai à respecter. L'idée centrale est donc celle de la précision. Or cette expression trouve justement son origine dans un domaine où la précision est primordiale : la joaillerie !

En effet, depuis le Moyen Âge, on mesure la pureté de l'or grâce à cet indice commun, le carat, dont la valeur maximale est de 24. Il est impossible d'aller au-delà de 24 carats. À ce niveau, le métal précieux est dit pur, il ne contient aucune part d'un autre métal. Il est constitué à 100 % d'or.

Cette limite indépassable a été reprise par la suite pour exprimer l'idée d'une autre limite, temporelle cette fois. À la fois symbole de perfection et délai infranchissable, ce « dernier carat » est autant une borne naturelle qu'un impératif dont on s'attend à ce qu'il soit respecté.

LE DINDON DE LA FARCE

Le dindon de la farce est une victime, qui plus est ridiculisée. Autrement dit, elle s'est « fait rouler ».

Il existe plusieurs explications au sujet de cette expression dont on trouve trace dans le langage dès 1790.

Selon la première hypothèse, ce serait une référence au « Père Dindon » des comédies bouffonnes du Moyen Âge, appelées « farces ». Ce personnage traditionnel était le père naïf, dupé par ses enfants qui lui manquaient de respect. Le dindon symbolisait alors le ridicule, et la farce, la pièce comique. Au sein de la farce, il était bien le dindon !

La seconde hypothèse est liée aux spectacles forains. Comme l'a souligné l'historien des mots Claude Duneton dans ses ouvrages consacrés à la langue française, un spectacle à la mode aux XVIIIe et XIXe siècles consistait, dans les fêtes foraines, à placer des dindons sur un support chauffé jusqu'à brûler leurs pattes. Par réflexe, les dindons sautillaient sur place. Ce spectacle cruel – la farce des dindons torturés – rencontra un vif succès. Il fut interdit en 1844, en même temps que les combats d'animaux.

DOUCHE ÉCOSSAISE

Subir une « douche écossaise » consiste à être victime d'un changement brutal et contrasté, comme une belle victoire suivie d'une défaite cinglante.

L'expression peut également être employée s'agissant de comportements humains, quand un individu très chaleureux dans un premier temps adopte une attitude froide et distante quelques instants plus tard.

L'expression vit le jour au XIXe siècle dans le domaine de la santé. Elle faisait alors référence à une hydrothérapie pratiquée en Écosse qui consistait à faire alterner jets d'eau très froide et jets d'eau très chaude dans le but de stimuler la circulation sanguine.

Cette pratique se rapproche de celle encore en vigueur de nos jours dans certains pays nordiques, qui consiste à se rouler dans la neige ou à plonger dans l'eau glacée immédiatement après être sorti d'un sauna.

EN RANG D'OIGNONS

Quand des personnes ou des objets figurent sur une même ligne, on peut dire qu'ils sont « en rang d'oignons ».

L'expression semble avoir pour origine le patronyme du baron d'Ognon, de son vrai nom Artus de La Fontaine-Solaro, qui au XVIe siècle fut en charge du protocole des états généraux à Blois. En 1576, dans le cadre de cette tâche d'organisation, il dut se prononcer sur la place à attribuer aux députés. Pour ce faire, il appliqua sa méthode selon des règles protocolaires très rigoureuses, en fonction du rang de chacun. Le baron aurait alors acquis une certaine renommée dans l'art de placer les individus sur une même ligne, et l'expression serait née. Quant à l'orthographe, les rangs d'Ognon seraient rapidement devenus des rangs d'oignons.

Cependant, une autre explication existe. Pour certains, l'expression viendrait plutôt de la façon dont les paysans assemblaient les oignons après les avoir ramassés, les plus gros devant, les autres derrière.

ÊTRE BABA

« Être baba » ou « rester baba », c'est être surpris, stupéfait.

Le recours au terme « baba » peut ici sembler énigmatique. Créé à la fin du XVIIIe siècle, ce mot vient de *batare*, qui en bas-latin signifiait « ébahir, ouvrir la bouche ».

À partir de ce sens initial, il semble que « baba » ait été une onomatopée utilisée pour indiquer un état de grand étonnement. Une personne baba ne pouvait ainsi prononcer de mots intelligibles, compte tenu de son degré d'ébahissement. Il semble que l'expression « rester comme baba » ait également existé.

« Être baba » n'a rien à voir avec « l'avoir dans le baba ». Cette expression, où le baba en question renvoie au sexe féminin, signifie « se faire avoir ». À la fin du XIXe siècle, cependant, son caractère obscène disparut et l'expression prit le sens que nous lui attribuons de nos jours.

ÊTRE UN PIGEON

Celui qui passe pour un pigeon s'est fait duper. Pourquoi donc cette métaphore animale désigne-t-elle le pigeon comme une victime dès le XVe siècle ?

À l'origine, le mot « dupe » est une déformation de « huppe », un oiseau fort apprécié par les classes aisées de l'époque et possédant une crête imposante. Lui ôter sa huppe, le « dé-hupper » donc, consistait à le plumer, et le mot s'est rapidement transformé en « duper ». Celui qui s'est fait plumer a donc bien été victime d'une malhonnêteté, d'un mauvais tour.

Mais le pigeon étant moins rare que la huppe, il a vite servi à désigner la « dupe », celui qui s'est fait avoir et qui en conséquence est parfois la cible de moqueries.

À noter par ailleurs qu'au Moyen Âge les pigeonniers étaient un signe de richesse. Certains pouvaient mentir sur le nombre d'oiseaux en leur possession pour tromper autrui.

FAIRE DU RAMDAM

« Faire du ramdam » signifie « faire beaucoup de bruit ».

Il s'agit d'une déformation du mot « ramadan », qui désigne le mois pendant lequel les musulmans ont pour consigne de ne pas manger, ni boire, ni fumer, ni avoir de relations sexuelles entre le lever et le coucher du soleil.

À la fin du XIXe siècle, en France, le terme « ramdam » désigne les réunions de famille souvent très bruyantes – que certains considéraient même comme du « tapage nocturne » – organisées par les musulmans une fois les journées d'abstinence achevées.

Pendant la Première Guerre mondiale, les soldats français parlaient de ramdam pour qualifier une situation chaotique.

Enfin, dans l'argot des prostituées, « aller au ramdam » signifiait à la même époque « faire l'amour », quand dans la langue provençale le mot « ramdam » signifie le raffut que peuvent faire les chats la nuit.

FAIRE UN CARTON

Qui « fait un carton » rencontre un vif succès.

Le carton en question n'est pas celui utilisé lors de déménagements, mais celui servant de cible sur les stands de tir au fusil dans les fêtes foraines. Pour gagner un prix, le joueur doit toucher le carton, si possible en son centre.

Durant la première moitié du XXe siècle, l'expression signifiait simplement « tirer sur une cible immobile ». Mais elle prit, quelques décennies plus tard, le sens de marquer le plus de points possible en atteignant le milieu de la cible le plus grand nombre de fois. La métaphore relative au succès de manière générale découle naturellement de cette dernière signification.

Aujourd'hui, le verbe « cartonner » peut être utilisé avec un sens identique, alors qu'à l'origine il signifiait littéralement « jouer aux cartes » ; de sorte que l'on peut « faire un carton »... en faisant un carton !

FAIRE UN TABAC

« Faire un tabac » signifie « rencontrer un succès considérable ».

Il semblerait que cette expression trouve son origine dans le vocabulaire employé par les marins au XIXe siècle.

À l'époque, un « coup de tabac » était une tempête brusque, intense, avec de forts vents et du tonnerre, donc beaucoup de bruit. Par extension, on a utilisé cette expression dans le milieu artistique quand un spectacle se concluait par des applaudissements nourris. Ainsi, au début du XXe siècle, quand un artiste était chaleureusement et bruyamment salué par les spectateurs, on disait qu'il y avait « le gros tabac », comme un coup de tonnerre lors d'une tempête en mer.

Par la suite, l'expression s'est simplifiée pour devenir « faire un tabac », et son emploi a dépassé le strict cadre des représentations artistiques. Aujourd'hui, quel que soit le domaine, on peut « faire un tabac » ou, au contraire, « faire un bide » !

FROID DE CANARD

On parle de « froid de canard » quand les températures sont très basses et que le climat est particulièrement rude.

Ainsi, même si l'on aime faire du ski, on peut n'en apprécier la pratique qu'à condition qu'il ne fasse pas un « froid de canard ».

Cette expression qui peut sembler péjorative envers le palmipède est en réalité une référence à la période de sa chasse, pratiquée en effet en automne et en hiver. Le chasseur doit alors maudire sa proie, qui l'oblige à rester ainsi immobile, à l'affût, dans un froid terrible, à proximité de lacs gelés, l'habitat traditionnel des canards sauvages.

S'il existe nombre d'expressions pour souligner un froid intense, parmi lesquelles un « froid de gueux » ou un « froid de tous les diables », certaines langues étrangères utilisent aussi la métaphore animalière. Mais il n'y est pas toujours fait référence au canard. Au Brésil, par exemple, on dit « un froid de chien » !

IL N'Y A PAS LE FEU AU LAC

L'expression « il n'y a pas le feu au lac » signifie que rien ne presse, qu'il n'y a pas lieu de se dépêcher.

Elle connut à l'origine, au milieu du XXe siècle, une formulation plus courte. On disait à l'époque « il n'y a pas le feu ». Cette expression restreinte, d'ailleurs employée encore aujourd'hui, est aisément compréhensible : s'il n'y a pas le feu, rien n'oblige à se presser puisque aucun incendie ne doit être éteint.

Plus tard, l'extension « au lac » fut accolée à l'expression d'origine en référence au lac Léman, pour railler la lenteur légendaire du peuple suisse. Ce lac est en effet un des symboles du pays, et l'absurdité de mentionner la possibilité qu'une étendue d'eau soit en feu participe grandement au caractère ironique de la référence à la Suisse.

IL Y A UN HIC

Ce « hic » n'est pas celui qui sort de la bouche de fêtards zélés aux heures avancées de la nuit. On dit qu'il y a un « hic » quand un problème se pose dans une situation précise.

En latin, *hic* signifie « ici ». Ainsi l'emploie-t-on dans la célèbre formule « *hic et nunc* », « ici et maintenant ». Mais l'expression vient en réalité d'une autre locution latine, « *hic jacet lepus* », signifiant « c'est ici que gît le lièvre », *hic* servant à indiquer qu'il y a un problème à régler, et *lepus* que ce problème est imprévu, qu'il surgit tel un lièvre.

On dit qu'aux premières heures de l'imprimerie les relecteurs annotaient de « hic » les passages importants. Dans ces circonstances, « hic » se comprenait comme l'abréviation de « Hic avertendum, hic sistendum », c'est-à-dire : « Ici il faut faire attention, ici il faut s'arrêter. »

JETER LE BÉBÉ AVEC L'EAU DU BAIN

En jetant le bébé avec l'eau du bain, on se débarrasse d'une chose dans sa totalité, malgré certains éléments par ailleurs positifs qu'elle peut présenter.

Ainsi on peut reprocher à des députés d'avoir jeté le bébé avec l'eau du bain pour n'avoir pas voté une loi, alors que celle-ci proposait des dispositions pertinentes qui auraient dû être retenues.

En France, l'expression apparaît au XXe siècle, traduite littéralement de l'expression anglaise, elle-même importée d'Allemagne où l'on en trouve la trace dès 1512.

Cette métaphore s'explique par les habitudes de l'époque en matière d'hygiène. Les eaux du bain servaient alors à toute la famille. Utilisée en dernier pour laver les bébés, elle était opaque, souillée par leurs prédécesseurs, et on peut aisément imaginer la crainte des parents de voir leurs nouveau-nés jetés en même temps que l'eau sale.

JOINDRE LES DEUX BOUTS

« Avoir des difficultés à joindre les deux bouts » signifie « avoir des fins de mois difficiles, se trouver dans une situation financière problématique ».

Cette expression trouverait son origine dans une mode vestimentaire datant du XVIe siècle, le port de la collerette. À cette époque, la mode des cols montants à dentelle pour les femmes conquiert les hommes. Au milieu du siècle, la collerette devient un accessoire distinct de la chemise et prend le nom de « fraise ». Elle devient rapidement un signe de réussite sociale et financière.

Aussi, certains nobles peu fortunés se faisaient confectionner des fraises démesurément grandes pour laisser croire qu'ils possédaient une immense richesse. Mais en conséquence, cela élargissait considérablement la taille de leur tour de cou. Aussi durant les repas, leur serviette, dont on n'avait pas ajusté la taille proportionnellement à celle de la collerette, était trop petite pour être nouée. Ils avaient donc, au sens propre, du mal à en « joindre les deux bouts ».

MALIN COMME UN SINGE

Aujourd'hui, « malin comme un singe » signifie « être futé, faire preuve d'un esprit ingénieux, d'une intelligence tactique ».

Mais à l'origine, c'est-à-dire au XVIIIe siècle, le sens de cette expression était différent.

En latin, *malignus* qui donna « malin », faisait référence à une personne perfide et déloyale, qui portait en elle une partie du mal. Ainsi, dans la culture chrétienne du Moyen Âge, le malin était une créature maléfique, démoniaque, dont le singe était considéré comme l'incarnation. Il est donc logique que le singe soit « malin » – il ne s'agissait pas de faire un compliment à l'animal, mais au contraire de le comparer au diable.

Avec le temps et la distance prise par la société avec la religion, tout comme les progrès scientifiques dans le domaine de la connaissance animale, le sens de l'expression évolua pour désigner, avec une certaine pertinence, l'ingéniosité d'un individu.

« Il était aussi superstitieux qu'un sauvage, malin comme un singe, à la page comme un boulevardier, affranchi et dessalé. »

Blaise Cendrars, *Moravagine* (1926)

« MINUTE, PAPILLON ! »

« Minute, papillon ! » est une expression assez récente : elle date du début du XXe siècle.

Son origine est aujourd'hui encore incertaine. Deux hypothèses coexistent sans qu'il soit possible de les départager.

Selon la première, émise par Alain Rey et Sophie Chantreau dans le *Dictionnaire d'expressions et locutions*, il s'agit de demander de ralentir le rythme à celui qui se comporte comme un papillon volant de fleur en fleur, sans se poser nulle part très longtemps, et qui agit avec impatience ou inconstance. L'injonction consiste donc à lui demander de cesser précisément de « papillonner ».

La seconde explication ne présente aucun lien avec l'insecte. En 1930, des journalistes du *Canard enchaîné* fréquentaient le Café du Cadran, à Paris. Là, un serveur du nom de Papillon aurait eu pour habitude de répondre à toute requête provenant des clients par un systématique « Minute, j'arrive ». Amusés par le caractère répétitif de la réplique, ils l'auraient surnommé « Minute Papillon », popularisant ensuite l'expression !

N'Y VOIR QUE DU FEU

« N'y voir que du feu » signifie « se faire berner, ne s'apercevoir de rien quand bien même cela se passe sous nos yeux ».

La première hypothèse est en lien avec l'éblouissement. On aurait commencé à n'y voir que du feu au XVIe siècle, en référence à l'aveuglement temporaire provoqué par un coup sur la tête. Le « feu » serait ici une métaphore de la forte lumière qui envahit notre vision à cette occasion et qui, par conséquent, empêche de voir la réalité, au propre comme au figuré.

Selon la seconde hypothèse, l'expression serait plus ancienne : elle daterait du XIVe siècle. À cette époque, le juge qui prononçait la peine capitale pouvait décider que le bourreau allait étrangler le condamné avant qu'il soit brûlé sur le bûcher – une mesure prise par charité dans un secret absolu. Ensuite, au moment de l'exécution de la peine, quand le corps était placé sur le bûcher, la fumée ne permettait pas à l'assemblée de savoir si le condamné était déjà mort ou s'il allait être brûlé vif. Le public n'y voyait que du feu !

OLÉ OLÉ

On peut dire d'une personne, d'une situation ou même d'une œuvre d'art qu'elle est un peu « olé olé ».

Utiliser cette expression, c'est critiquer un aspect libre, pour ne pas dire osé et suggestif. Une vieille dame pourra ainsi dire, à juste titre ou de façon excessive, que certaines scènes d'un film sont « olé olé » pour souligner leur caractère indécent à ses yeux.

Le français emprunte « olé » à la langue espagnole. Le public espagnol accompagne de « *olé !* » certaines danses comme le flamenco ou la sévillane, quand il est entraîné par l'ambiance du spectacle ; ceux qui font la fête manifestent ainsi leur joie. Mais les aficionados de corridas l'utilisent aussi pour souligner l'exécution des passes par le torero.

Cette interjection semble être très employée en France depuis le début du XXe siècle. Le mystère reste entier quant à l'évolution de ce terme dans le temps pour aboutir à l'expression « olé olé », bien que nous puissions leur trouver un point commun : l'audace d'oser et un esprit libre.

PARLER FRANÇAIS COMME UNE VACHE ESPAGNOLE

Ceux qui parlent français « comme une vache espagnole » le parlent très mal ! L'expression est datée de 1640. Plusieurs explications ont cours quant à son origine.

Pour les tenants de la première hypothèse, le mot « vache » viendrait de « basse » (qui n'est autre que le féminin de l'adjectif « bas »), au sens de « servante », issue des « basses classes », et qui donc maîtrisait fort mal la langue.

Selon la seconde explication, le mot « vache » serait une déformation de *Vasces*, qui signifiait « Basque » au XVIIe siècle. La véritable expression serait donc « parler le français comme un Basque espagnol ».

Enfin, la troisième explication est proposée par Alain Rey et Sophie Chantreau, dans leur *Dictionnaire d'expressions et locutions*. La référence à la vache aurait été à l'époque systématiquement connotée de façon péjorative, comme dans « être sorcier comme une vache ».
Et de la même façon, « espagnol » revêtait un caractère négatif.
Ce serait donc l'emploi cumulé de ces termes qui expliquerait le sens donné à l'expression.

PASSER SUR LE BILLARD

Il s'agit d'une expression relativement récente. Dès le début du XXe siècle, le billard a désigné une table d'opération. Monter dessus signifiait donc « se faire opérer ».

Mais il existe d'autres explications. En voici quelques-unes, sous réserve de leur exactitude.

Durant la Première Guerre mondiale, et déjà pendant la guerre de 1870, certains affirment qu'en l'absence de tables d'opération pour soigner les blessés, les autorités durent réquisitionner des tables de billard.

D'autres pensent que le docteur Billard aurait donné son nom aux fauteuils de dentiste fabriqués à partir de 1875. Le terme « billard » se serait ensuite appliqué aux tables d'opérations chirurgicales.

Enfin, pour d'autres, dont le linguiste Gaston Esnault, dans l'argot des poilus de la Première Guerre mondiale, le billard désignait les champs de bataille. « Passer sur le billard » aurait donc signifié à l'époque « sortir d'une tranchée pour aller au combat ».

PLEURER COMME UNE MADELEINE

Qui « pleure comme une Madeleine » pleure abondamment sans pouvoir s'arrêter.

On note la première utilisation de cette expression au XIXe siècle dans *La Comédie humaine* d'Honoré de Balzac.

La « Madeleine » dont il est question ici n'est pas le délicieux petit gâteau traditionnel lorrain, mais la Marie-Madeleine de la Bible. Ancienne prostituée, elle se confessa à Jésus et pleura tant sur ses pieds qu'elle les lava avec ses larmes, avant de les sécher avec ses cheveux.

Par la suite, alors que Jésus avait disparu de son tombeau, elle pleura devant celui-ci et, se penchant à l'intérieur, toujours en larmes, elle vit deux anges vêtus de blanc, puis elle se retourna et vit apparaître Jésus-Christ lui-même, qui l'interrogea sur la raison de ses pleurs.

Elle devint ainsi une référence naturelle pour qui veut souligner le caractère intarissable d'une crise de larmes.

POSER UN LAPIN

« Poser un lapin » consiste à ne pas se rendre à un rendez-vous sans prévenir la personne qui vous attend.

L'expression remonte à la fin du XIXe siècle, où elle avait cependant un sens bien différent puisqu'il s'agissait de ne pas rémunérer pour ses services une femme dite de « petite vertu ». Le lapin désignait donc le refus de payer. Et le poseur de lapin était celui qui faisait attendre la femme dont il avait profité.

Ensuite, il y eut certainement une évolution progressive dans le langage courant d'un paiement jamais honoré lié à la faveur sexuelle vers une autre attente non satisfaite, à savoir la venue de la personne attendue.

Signalons que, dans l'Antiquité, le lapin était un symbole de fécondité. Celui qui n'en avait pas était donc pauvre !

PRENDRE LA MOUCHE

« Prendre la mouche » consiste à se vexer. Il existe deux explications sur l'origine de cette expression.

La première est animale. Au milieu du XVIIe siècle, époque d'apparition de cette expression, le terme « mouche » désignait tous les insectes volants qui pouvaient troubler le calme d'une existence ou d'un repos, telles les mouches elles-mêmes mais aussi les guêpes, les abeilles ou encore les taons. Or, aujourd'hui comme hier, quand un de ces insectes vient à déranger une vache ruminant paisiblement dans un champ, cette dernière peut avoir une réaction brutale et soudaine. Généralement, elle se secoue et, dans certains cas, elle fuit. En l'observant, on peut s'interroger sur les raisons expliquant la vivacité de sa réaction et la trouver quelque peu disproportionnée…

La seconde hypothèse relève que le mot « mouche » a aussi désigné dès le XVIe siècle une pensée négative soudaine. « Prendre la mouche » consisterait donc à prendre ombrage d'un souci survenu brusquement.

RIRE COMME UNE BALEINE

Quelqu'un qui rit comme une baleine rit la bouche grande ouverte. L'origine de cette expression, qui date du XIXe siècle, a deux explications.

Selon la première hypothèse, elle fait référence à la gueule des baleines, car qui rit à pleines dents en ouvrant très grand la bouche offre un spectacle proche, toutes proportions gardées, de celui du plus grand de nos mammifères quand il donne à voir l'immensité de sa gueule.

L'autre hypothèse est également en lien avec l'animal marin, mais de façon indirecte. Les baleines sont aussi les fines tiges métalliques permettant de maintenir la toile d'un parapluie : en effet, par le passé, elles étaient fabriquées avec des fanons, ces lames qui correspondent aux dents chez le cétacé. Or une fois le parapluie ouvert, les baleines se déploient et prennent une courbure qui peut évoquer une bouche éclatant de rire.

UN ROND-DE-CUIR

« Rond-de-cuir » est un terme péjoratif et familier qui désigne un employé de bureau, le plus souvent exerçant sa profession dans les services administratifs.

L'expression vient du fait que ces employés ont toujours travaillé assis sur des chaises plus ou moins confortables. Maintenir cette position de longues heures pouvait se révéler douloureux pour les fessiers. Aussi certains d'entre eux prirent-ils l'habitude de placer un coussin rembourré, souvent de forme ronde, dit rond de cuir, pour atténuer leur souffrance et faciliter l'exécution de leurs tâches.

À la fin du XIXe siècle, Georges Courteline publia un roman, *Messieurs les ronds-de-cuir*, qui traitait de la vie des fonctionnaires employés de bureau sédentaires. À compter de ce moment, l'expression « rond-de-cuir » se popularisa et acquit son caractère péjoratif, offrant aux critiques de la bureaucratie une addition non négligeable à leur vocabulaire.

« Devant la porte du cimetière, les ronds-de-cuir tinrent un grave conciliabule sur le point de savoir si, véritablement, il y avait nécessité d'aller achever au bureau une journée à demi entamée déjà. »

Georges Courteline, *Messieurs les ronds-de-cuir* (1893)

RUER DANS LES BRANCARDS

Il n'existe aucun lien entre cette expression signifiant « réagir violemment » et les civières utilisées pour déplacer des blessés.

Son origine remonte au XVe siècle. À cette époque, le brancard désignait deux longues pièces de bois entre lesquelles on maintenait les chevaux d'un attelage. Quand les animaux ne voulaient plus obéir au cocher, ils se débattaient, remuaient vigoureusement… entre ces brancards ! Ils pouvaient même ruer, en donnant des coups vifs avec leurs pattes arrière.

Ainsi, les hommes se révoltent en ruant dans les brancards, tels des équidés considérant que leur exploitation a assez duré ! L'expression perdura malgré l'apparition des automobiles et la disparition progressive des voitures à cheval.

On peut citer une autre utilisation du mot « brancard » dans « piaffer dans les brancards ». L'explication est assez similaire, mais cette expression désigne un comportement encore plus marqué par l'impatience et la volonté de changement.

SE METTRE EN QUATRE

« Se mettre en quatre » signifie « se donner beaucoup de mal, fournir des efforts considérables pour rendre service », la plupart du temps au bénéfice d'une personne.

Cette expression date du XVIIe siècle.

La première hypothèse émise quant à son origine est l'idée qu'il s'agit de plier son corps en quatre pour parvenir à son but. L'image produite, très explicite, évoque immédiatement un effort particulièrement prononcé, proche du sacrifice.

Mais il existe une autre interprétation. L'expression pourrait aussi provenir de l'idée qu'une tâche ardue est plus facile à réaliser si quatre personnes s'y attellent. Si malgré tout une seule se lance sans aide dans sa réalisation, il lui faudra se démultiplier pour venir à bout du travail. Elle se sera « mise en quatre personnes » et aura donc fourni un effort majeur.

Enfin, certains pensent que cette expression fait référence à « mettre en quatre quartiers », allusion directe aux efforts du bourreau pour écarteler un condamné...

SUR LE CARREAU

Rester ou être « sur le carreau » consiste à se retrouver dans une situation difficile, laissé de côté, voire vaincu.

Plusieurs hypothèses coexistent quant à l'origine de cette expression, dont celle évoquant le carreau de la mine, l'endroit d'où les mineurs étaient appelés pour descendre travailler à la mine ; ceux qui ne l'étaient pas ne rejoignaient pas le groupe. Mais cette explication ne peut être retenue pour des raisons chronologiques puisqu'une forme ancienne de « sur le carreau » apparaît dès le XVe siècle.

En revanche, dès le XIIe siècle, on appelle « carreaux » les pavés de terre cuite utilisés pour les sols et sur lesquels gisaient les personnes décédées.

On dit enfin que le carreau serait celui du jeu de paume. Durant une partie, lorsqu'un des joueurs se jetait à terre pour parvenir à taper la balle, il perdait le point. Il restait sur le carreau !

UNE TÊTE DE TURC

Une « tête de Turc » est la cible de sarcasmes, moqueries et mauvais traitements de façon répétée. C'est le souffre-douleur d'un ou de plusieurs individus.

Le peuple turc fut pendant des siècles associé à la barbarie et à la cruauté – d'où l'expression « fort comme un Turc ».

L'expression « tête de Turc » date du XIXe siècle. À cette époque, on trouvait dans les fêtes foraines un jeu constitué d'une sorte de dynamomètre présentant ce qui était censé représenter une tête de Turc qu'il fallait frapper. Le but était en effet de la cogner le plus fort possible pour mesurer sa force sur une échelle graduée.

L'idée d'acharnement que véhicule l'expression vient du vif succès rencontré par cette attraction. Elle donnait à voir une foule maltraitant collectivement une seule tête enturbannée.

TOMBER DES NUES

« Tomber des nues » signifie « être très étonné par un événement ou une situation à laquelle on ne s'attendait pas ».

Malgré les apparences, cette expression n'a rien à voir avec la nudité. Si selon certains elle trouve ses origines dans la mythologie, il semble que l'explication soit plus simple.

Le terme « nue » n'est plus employé de nos jours, mais il désignait par le passé – avant le XVIIIe siècle – un nuage ou un groupe de nuages. Or les nuages ont longtemps revêtu un caractère mystérieux. Que cachaient-ils ? Quelle forme de vie y trouvait refuge ? Tomber des nues consistait donc à tomber des nuages, venir de ce mystère, émaner du surnaturel

Au XVIIe siècle, l'expression prit le sens d'« arriver à l'improviste », puis elle eut la signification qu'on lui connaît aujourd'hui : on tombe des nues devant un événement venu de nulle part, comme tombé d'un nuage et qui nous surprend...

Les argotiques

AVOIR LA POISSE

« Avoir la poisse » signifie « être frappé d'une grande malchance de façon récurrente ».

Mais celui qui a la poisse n'est pas seulement malchanceux : il manque également de réussite sur le long terme. Il a souvent des ennuis, et ce de façon répétée.

Le terme « poisse » vient de « poix », une sorte de colle épaisse et gluante fabriquée au Moyen Âge avec des résines et des goudrons végétaux. Elle était si visqueuse et collante qu'on la déversait brûlante sur les assaillants des châteaux forts pour stopper leur avancée.

Cette substance donna le verbe « poisser », signifiant « enduire de poix ». Puis la poisse désigna quelque chose de collant et dont on ne parvient pas à se défaire. Comme la malchance.

« Avoir la poisse » exprime ainsi logiquement le fait d'avoir de la malchance sur une longue période.

AVOIR DES CASSEROLES

« Avoir des casseroles » ou « traîner des casseroles », c'est être mêlé à des affaires qui ont des conséquences néfastes sur votre réputation.

Il s'agit d'une métaphore qui exprime le fait de subir les effets négatifs d'un acte commis antérieurement. Cette expression date du XXe siècle. Elle est fréquemment employée dans le monde politique, où les « casseroles » peuvent peser lourd lors d'une campagne électorale !

Elle trouverait son origine dans un jeu d'enfants qui consiste à attacher des récipients métalliques, comme des casseroles, à la queue d'un chien. Celui-ci, effrayé par leur bruit sur le sol, part en courant à toute allure et dans tous les sens.

Ces casseroles sont donc devenues le symbole de l'embarras, de la gêne, mais aussi d'événements ou de faits qu'il est difficile d'oublier et de faire oublier.

ÇA NE SE TROUVE PAS SOUS LE SABOT D'UN CHEVAL

On dit d'une chose rare, le plus souvent de grande valeur, qu'elle « ne se trouve pas sous le sabot d'un cheval ».

Cette expression date du XVIIIe siècle. Un siècle plus tôt, on avait recours à l'expression approchante « dans le pas d'un cheval », le pas étant la trace laissée par l'animal. Aujourd'hui, le sabot a remplacé la trace, mais le sens est resté le même.

Mais pourquoi ne peut-on pas trouver de choses rares sous le sabot d'un cheval ? Tout simplement parce qu'à cet endroit on trouve le plus souvent strictement l'inverse, à savoir une matière produite quotidiennement et en grande quantité : du crottin ! Même si certains le ramassent pour l'utiliser comme fumier, celui-ci n'évoque pas immédiatement l'idée d'une grande valeur...

ÇA SENT LE ROUSSI

Quand une situation « sent le roussi », un problème ou un danger s'annonce.

L'expression s'emploie généralement au cours d'un processus dont la tournure n'apparaît pas favorable. L'évolution des événements est alors inquiétante.

Cette expression date du XIXe siècle. À cette époque, elle est employée pour parler d'individus mis au ban de la société en raison d'opinions choquantes ou d'une vie privée contraire aux bonnes mœurs ou à la morale. Leur comportement faisait peser sur eux le risque de finir dans les flammes de l'enfer. À tel point que l'odeur du roussi parvenait déjà aux narines des commentateurs !

Il ne faut pas confondre cette expression avec « ça sent le sapin », qui fait référence à l'utilisation répandue dès le XVIIe siècle du bois de sapin pour la fabrication des cercueils. Il parut donc logique de mentionner la proximité olfactive de ce bois dès lors que le décès d'une personne semblait imminent.

COLLER AUX BASQUES

« Coller aux basques » signifie « suivre quelqu'un de très près, ne pas le lâcher », et devenir de ce fait un poids pour celui qui subit cette proximité excessive, dont il cherchera le plus souvent à se débarrasser.

Cette expression date du XVIIIe siècle. Contrairement à ce que l'on pourrait croire, les basques n'ont aucun lien avec les baskets d'aujourd'hui. À l'époque, il s'agissait des morceaux d'étoffe situés au bas d'un pourpoint qui descendait assez bas. « Coller aux basques » exprimait donc l'idée de suivre un tiers de si près que l'on était « collé » à ces morceaux de tissu.

Au fil des siècles, l'expression n'a rien perdu de sa popularité ni de son sens, malgré la disparition des basques sur les vêtements du quotidien – même si quelques rares habits en présentent encore, comme la queue-de-pie.

DORER LA PILULE

« Dorer la pilule » consiste à embellir la réalité.

On dore la pilule quand on présente une situation sous un jour beaucoup plus favorable qu'elle ne l'est.

Cette expression, qui date du XVIIe siècle, a pour origine une pratique d'apothicaires. Les pharmaciens d'antan mettaient au point des remèdes ayant très mauvais goût. La « pilule » dont il est question vient du terme latin *pilula*, ou « petite boule », qui servait à désigner un médicament. Pour que les patients les avalent plus facilement, les pharmaciens enrobaient les pilules d'une couche de sucre, parfois d'or dans certains cas. L'aspect trompeur et le goût ainsi modifié rendaient, semble-t-il, moins difficile leur ingestion. Tout comme, de nos jours, on peut « dorer la pilule », afin de faciliter l'acceptation d'une situation.

L'expression « se dorer la pilule », qui signifie bronzer ou être dans un état d'oisiveté, est à distinguer. Elle avait au début du XXe siècle le sens de « se faire des idées fausses ».

ELLE A VU LE LOUP

Dire d'une jeune fille qu'elle a vu le loup signifie aujourd'hui qu'elle a eu des relations sexuelles. Mais le sens de cette expression a évolué au cours des siècles.

Au XVIe siècle, « avoir vu le loup » n'avait aucune connotation érotique. Cela signifiait simplement « avoir la voix cassée », même si dès cette époque on utilisait l'expression « danser avec le loup » pour désigner l'acte sexuel.

Au XVIIe siècle, l'expression est communément employée pour signifier qu'une personne a de l'expérience, en référence à la chasse au loup, dont la dangerosité était reconnue de tous. Celui qui avait vu le loup était entraîné et aguerri.

Un peu plus tard, mais toujours au XVIIe siècle, l'expression prit enfin le sens que nous lui connaissons de nos jours, sans que l'on sache comment celle-ci a évolué. Tout comme celui qui a chassé le loup, la jeune fille qui l'a vu devient une personne expérimentée dans le domaine non plus de la chasse mais du sexe.

EN BAVER DES RONDS DE CHAPEAUX

« En baver des ronds de chapeau » signifie « subir une épreuve pénible à surmonter et se donner beaucoup de mal pour y parvenir ».

Au XIXe siècle, l'expression « en baver » exprimait l'admiration. Au siècle suivant, son sens évolua pour parler de l'état d'une personne qui doit endurer une situation pénible, voire douloureuse.

Quant aux « ronds de chapeau », l'historien des langues Claude Duneton en proposa une explication liée aux modistes, qui confectionnent ou vendent des chapeaux pour femme. Les ronds de chapeau étaient de lourds cercles de plomb qui, disposés sur les couvre-chefs, leur donnaient leur forme. L'expression ferait donc référence au poids de ces ronds. Il s'agirait non seulement d'en baver, mais de surcroît d'en baver lourdement !

ÊTRE À LA BOURRE

« Être à la bourre » signifie « être en retard ».

Cette expression trouve son origine dans un ancien jeu de cartes, la borra. Pour faire une partie, il fallait d'abord que tous les joueurs misent une somme identique, dont le total était ensuite partagé entre les joueurs. Au fil de la partie, ceux qui ne remportaient pas de pli devaient abonder la caisse en payant le double du montant déjà en jeu.

Le joueur ne levant jamais de pli était surnommé le « bourru ». Plus la partie avançait, plus le bourru se faisait distancer et accumulait du retard. D'où l'expression « être à la bourre » pour les retardataires.

Selon une autre hypothèse moins répandue, l'expression aurait pour origine un petit dispositif de calage nommé « bourre » utilisé dans le maniement des fusils et dont la mise en place après chaque tir ralentissait les soldats.

ÊTRE CHARRETTE

« Être charrette » signifie « être très en retard, débordé par les tâches à réaliser avant l'expiration d'un délai ».

On retrouve l'expression de manière approximative dans *L'Œuvre*, d'Émile Zola, où l'on peut lire l'exclamation suivante d'étudiants exprimant ainsi l'idée de retard : « Oh ! que je suis en charrette ! »

Cette expression date du XIXe siècle. Elle aurait justement pour origine une pratique des étudiants en architecture à l'École des beaux-arts de Paris. Quand ceux-ci n'avaient pas eu assez de temps pour finir leurs travaux et qu'ils étaient en retard pour les remettre à leurs professeurs, ils pouvaient utiliser les charrettes des livreurs de la gare Montparnasse ou des marchands des quatre-saisons pour transporter plus rapidement leur matériel jusqu'à leur école. On dit même qu'il leur arrivait de terminer leurs travaux pendant le transport !

ÊTRE DANS DE BEAUX DRAPS

« Être dans de beaux draps » signifie « se trouver dans une situation compliquée, incertaine, voire dangereuse », souvent de son propre fait.

Dès l'Antiquité, le terme « draps » a désigné les habits. Or les vêtements, blancs en particulier, ont longtemps été utilisés pour habiller les personnes jugées coupables de fautes. C'est pourquoi, au XVIIIe siècle, l'expression exacte était « être dans de beaux draps blancs », indiquant que l'on se trouvait dans une situation honteuse puisque exposé avec tous ses défauts – ou que tous ses défauts étaient exposés à la vue de tous. Les personnes accusées d'adultère, par exemple, devaient, pour en être pardonnées, assister à la messe vêtues de blanc de la tête aux pieds.

« Être dans de beaux draps blancs » signifiait donc « être l'objet de sarcasmes et de moqueries en raison de la situation dans laquelle on se trouvait ». Aujourd'hui, il n'est plus question de couleur blanche ni de honte, mais le sens premier de l'expression relative à une situation inconfortable est resté.

ÊTRE AU TAQUET

Une personne « au taquet » est très motivée, à la fois prête, agissante ou impatiente d'entrer en action.

Elle peut également être à la limite de ses capacités et ne plus pouvoir assurer aucune tâche supplémentaire.

« Taquet » fut à travers l'Histoire le nom de différents objets qui tous avaient la même utilité : celle de bloquer, d'être une limite.

Au XVe siècle, ce mot désignait un loquet, un morceau de bois permettant de fermer une porte. Dès le XVIIe siècle, il désigna par ailleurs une pièce utilisée en mer sur les bateaux pour maintenir un bout en place.

Le taquet est donc en toute hypothèse synonyme de limite physique. Il servit ainsi logiquement à exprimer l'idée de toute limite, quelle qu'en soit la nature. On dit d'ailleurs parfois « je suis à fond » pour indiquer que l'on est au maximum de ses capacités, bref, « au taquet » !

FAIRE DU GRINGUE

Faire du gringue consiste à draguer quelqu'un, à chercher à le séduire.

Si la drague trouve son origine dans un engin de pêche, le terme « gringue » a, quant à lui, désigné le pain dès le XIXe siècle.

Bien qu'il s'agisse d'une hypothèse, son utilisation liée à la séduction viendrait d'une transposition d'une autre expression, « faire des petits pains », signifiant « chercher à séduire, faire la cour ».

La langue française emprunte en effet très souvent au vocabulaire culinaire pour exprimer l'idée de séduction ou de rapports amoureux, comme dans l'expression « dévorer du regard ». Ainsi, on trouve « faire du gringue » dès 1905 dans *L'Argot au XXe siècle : dictionnaire français-argot*, d'Aristide Bruant et Léon de Bercy.

Ne confondons pas celui qui fait du gringue avec tel autre qui fait la bringue. Même s'il faut en convenir : les deux activités sont loin d'être incompatibles !

FAIRE UN BIDE

Cette expression employée en cas d'échec trouve son origine au théâtre au XIXe siècle.

Déjà cinq siècles plus tôt, le mot « bedon » signifiait « gros ventre » en langage populaire. L'expression « faire un bedon », ou « faire un bidon », était utilisée pour désigner l'action de fuir. Elle fut alors progressivement employée par les spectateurs au théâtre quand un acteur trébuchait en scène et atterrissait sur le ventre.

Parallèlement, ils l'utilisèrent pour décrire l'échec à produire un effet. Ainsi si un comédien n'y parvenait pas, il quittait la scène « en rampant » au sens figuré, c'est-à-dire « sur le bide ».

On peut mettre en parallèle cette expression et celle connexe « faire un four », née au XVIIe siècle, qui fait le rapprochement entre l'obscurité du four éteint parce qu'il est vide et celle de la salle de théâtre laissée sans lumière en raison de l'absence de spectateurs.

FAIRE UN PATAQUÈS

« Faire un pataquès », c'est donner une importance considérable à une situation ou un événement qui ne le mérite pas.

Cette expression a pour origine une faute de liaison dans le langage oral. Le grammairien du XVIIIe siècle Domergue, par ailleurs journaliste et membre de l'Académie française de 1803 à 1810, cite l'anecdote suivante. Le spectateur d'une pièce de théâtre assis à côté de deux dames peu instruites et ayant trouvé un éventail, il demanda à celles-ci s'il leur appartenait et se vit répondre : « Il n'est point-z-à moi » par l'une et « Il n'est pas-t-à moi » par l'autre. Face à cette erreur de liaison, il répondit : « Alors je ne sais pas t à qu'est-ce ! »

Cette expression liée aux fautes grossières de liaison aurait ensuite été reprise dans le langage courant en se fixant, sans que l'on puisse réellement dire pourquoi, sur l'agitation et l'énervement que provoquent des choses pourtant sans grande importance.

« Quand on a du chagrin, on ne sait plus très bien ce qu'on dit. Ce serait trop bête vraiment si tu faisais un pataquès […] »

Maurice Druon, *Les Grandes Familles* (1948)

UN GARDE-CHIOURME

Un « garde-chiourme » est une personne sévère en charge de la surveillance d'un lieu et dont le caractère est jugé aussi brutal qu'autoritaire.

À l'origine, dans l'Antiquité, le terme « chiourme » était utilisé pour désigner les chants qui donnaient la cadence aux rameurs sur les galères naviguant en mer Méditerranée. Accompagnés le plus souvent de tambours, ces chants donnaient aux forçats le rythme de l'effort qu'ils étaient contraints de produire pour faire avancer l'embarcation plus rapidement qu'à la seule force du vent dans les voiles.

Par extension, le mot « chiourme » a désigné les galériens eux-mêmes, tantôt rameurs volontaires, tantôt esclaves ou repris de justice. Pour s'assurer que ces hommes ne faiblissaient pas, un gardien muni d'un fouet les surveillait. Et ce « garde-chiourme » prenant place dans la cale aux côtés des galériens faisait souvent preuve de la plus grande brutalité.

UN MAUVAIS COUCHEUR

« Un mauvais coucheur » est une personne désagréable, difficile à vivre et dont la sociabilité est limitée.

Cette expression date du début du XIXe siècle mais fait référence à une époque bien plus ancienne.

Au XVIe siècle, dans les auberges, il était de coutume pour les quidams de dormir à plusieurs dans le même lit. On partageait ainsi sa couche de manière aléatoire avec d'autres voyageurs. Frappé de malchance, vous pouviez passer une nuit fort agitée si votre compagnon ronflait ou bougeait beaucoup. Ces personnes remuantes ou bruyantes furent appelées « mauvais coucheurs », et elles pouvaient par ailleurs montrer leur irascibilité si la remarque leur en était faite.

La pratique de partager son lit a bel et bien disparu, mais le langage en a gardé la trace comme une marque de compassion à l'égard de ceux qui, il y a des siècles, eurent à subir le comportement nocturne de leurs semblables.

MENTIR COMME UN ARRACHEUR DE DENTS

« Mentir comme un arracheur de dents » consiste à mentir effrontément, sans scrupule.

Cette expression date du XVIIe siècle et relève de la dentisterie. S'il existe aujourd'hui des techniques suffisamment efficaces pour que vous puissiez vous rendre chez votre dentiste sans redouter la souffrance, à l'époque, rien de tout cela n'existait. Recevoir des soins dentaires impliquait presque à coup sûr souffrir beaucoup, parfois jusqu'à l'évanouissement.

Ainsi les « arracheurs de dents », qui exerçaient souvent sur les places publiques, se voyaient-ils contraints de mentir en prétendant que les soins, comme l'arrachage d'une dent, se feraient sans douleur.

D'ailleurs, dès la fin du XVIe siècle, c'est-à-dire avant même l'apparition de l'expression complète incluant l'action de « mentir », le qualificatif « arracheur de dents » était utilisé pour une personne habituée à mentir. On y a toujours recours pour pointer du doigt un individu qui ment comme il respire, qu'il soit dentiste ou non !

MONTER LE BOURRICHON

Le bourrichon est la tête en langage familier. Ce terme vient de « bourriche », qui désignait un panier sans anses servant à transporter divers produits.

Selon Jean Maillet, on doit les expressions « monter le bourrichon » et « se monter le bourrichon » à Gustave Flaubert.

« Se monter le bourrichon » signifie « se monter la tête, se faire des illusions ». On trouve cette expression pour la toute première fois dans une lettre de Gustave Flaubert à Louis Bouilhet : « Oh ! Comme il faut se monter le bourrichon pour faire de la littérature ! Et que bien heureux sont les épiciers ! »

Quant à « monter le bourrichon » à un tiers, cela consiste à le bercer d'illusions. Flaubert, toujours en 1860, dira : « Il faut que je monte joliment le bourrichon à mon public : il faut que je fasse baiser un homme, qui croira enfiler la lune, avec une femme qui croira être baisée par le soleil. »

UN NOM À COUCHER DEHORS

« Un nom à coucher dehors » est tellement compliqué à prononcer ou à écrire qu'il est difficile de le garder en mémoire.

L'origine de cette expression remonte au Moyen Âge. Quand les auberges étaient pleines, leurs propriétaires étaient contraints de choisir leurs clients en fonction de leur rang social. Ils n'acceptaient ainsi que ceux dont le statut était le plus élevé.

Pour le connaître, les aubergistes se fiaient aux noms des clients. Ceux dont le nom de famille correspondait à une profession de haut rang social se voyaient attribuer une chambre plus facilement. Il en allait de même pour ceux dont le nom avait à l'évidence une résonance chrétienne. Les autres dormaient avec les chevaux, et les bien moins lotis n'avaient qu'une solution… coucher dehors !

L'expression a traversé les siècles tout en conservant son caractère péjoratif.

PÉDALER DANS LA CHOUCROUTE

L'expression « pédaler dans la choucroute » exprime l'idée d'une progression difficile. Celui qui pédale ainsi perd le fil de sa pensée, a du mal à avancer malgré sa volonté et les efforts qu'il fournit.

L'expression est apparue au xxe siècle, lors des premières éditions du Tour de France. La voiture qui fermait la course, située derrière l'ensemble des coureurs et nommée « voiture balai », faisait la publicité d'une marque de choucroute. Ainsi, on se mit à dire que les coureurs en queue de peloton, donc les plus proches de cette voiture, « pédalaient dans la choucroute ».

Des variantes de cette expression existent, comme « pédaler dans la semoule », ou une version plus récente, « pédaler dans le yaourt ». Il est cependant impossible d'identifier avec certitude leur origine, sauf à souligner que l'efficacité de ces pédalages est tout aussi incertaine que dans la choucroute !

PLEIN AUX AS

Un individu « plein aux as » est très riche.

L'origine de cette expression, popularisée au xxe siècle, reste controversée. Pour certains, elle proviendrait de l'as, une monnaie de bronze ou de cuivre de la Rome antique, et signifierait simplement qu'une personne qui possédait cette monnaie en grande quantité détenait une fortune. Mais cela ferait remonter l'expression à l'Antiquité, une période trop lointaine.

Aussi la seconde hypothèse est-elle souvent privilégiée. L'expression viendrait du poker, où l'as est une carte ayant une forte valeur. Dans ce jeu, si l'on a plusieurs as en main, on a de grandes chances de gagner la partie, donc d'empocher tout l'argent misé. Il s'agirait très précisément de la traduction de l'expression « full aux as », dans laquelle le mot anglais *full* signifie « plein ».

Bizarrement, un siècle avant l'apparition de l'expression « plein aux as », une autre expression, « être à as », signifiait l'exact inverse : « être dans le besoin » !

« C'était super et chérot. Bien que Paul soit plein aux as en ce moment, il a fait la grimace quand il a vu les prix sur le menu. »

Raymond Queneau, *Le Dimanche de la vie* (1951)

PORTER DES CORNES

« Porter des cornes » signifie « avoir été trompé par sa femme ou son mari », « être cocu », dans le langage populaire.

Cette référence péjorative aux cornes est étonnante car, dans l'Antiquité, celles-ci étaient un symbole positif, évoquant la dignité, la vigueur et la puissance. Il en allait de même chez les souverains, comme les rois de Macédoine, dont les casques étaient ornés de cornes de bélier.

Au XVe siècle, en revanche, « escorner » signifie « humilier ». On a recours à ce verbe pour indiquer qu'une personne a été ridiculisée.

Étant donné que le port de cornes donne l'allure d'une chèvre ou d'un bouc, l'allusion sexuelle apparut logiquement. En effet, ce dernier porte depuis des temps immémoriaux une connotation sexuelle, en raison de sa sexualité effrénée et brutale.

La corne est donc à la fois la représentation symbolique du sexe masculin et une façon d'indiquer une infidélité faite à son conjoint, homme ou femme.

PRENDRE DES VESSIES POUR DES LANTERNES

Prendre des vessies pour des lanternes, c'est être naïf, se faire des illusions, bref se tromper lourdement.

L'origine de cette expression semble remonter au XIIIe siècle, époque à laquelle on disait plutôt « vendre vessie pour lanterne ». Des vessies de porc ou de bœuf étaient alors récupérées puis séchées, afin d'être utilisées comme récipients. En raison de la finesse de leurs parois, elles laissaient passer la lumière. Aussi, certains plaçaient une simple bougie à l'intérieur et s'en servaient de lanternes de fortune... De ce fait, les personnes peu observatrices ou naïves pouvaient facilement penser que ces vessies étaient de véritables lanternes !

On dit même que la forme de la vessie et la lueur dégagée par les bougies poussaient certains marchands à utiliser cette ressemblance à des fins malhonnêtes, en faisant passer les vessies suspendues au plafond de leur boutique pour des lanternes...

QUE DALLE

Il existe deux explications quant à l'origine de l'expression « que dalle » pour désigner l'absence de quelque chose.

Elle serait d'abord une référence à une ancienne pièce de monnaie du Saint Empire romain germanique, le « thaler » ou « daalder », qui dès le XVe siècle circula en Europe pour commercer.

Mais au XIXe siècle, cette pièce perdit toute sa valeur en raison de la création de monnaies nationales plus fortes. Le peuple dit dès lors qu'il avait « que dalle », pour signifier de l'argent qui ne valait pas grand-chose, voire rien du tout.

Selon la deuxième explication, « dalle » viendrait du mot « *dail* », issu d'une langue tsigane, le romani, pour dire « rien du tout ».

On relève enfin qu'en occitan « *dail* » signifiait « que de l'ail à manger », c'est-à-dire presque rien.

RECEVOIR UNE AVOINÉE

Dans le langage argotique, une avoinée est une punition sévère, le plus souvent reçue par un enfant ayant fait une bêtise.

L'expression date du XIXe siècle. À l'époque, « l'avoine de cocher » désigne les coups de fouet administrés aux chevaux pour faire avancer un attelage. Cette référence à l'avoine s'explique par le fait qu'un coup de fouet était aussi efficace que de présenter aux chevaux une portion d'avoine, céréale qui entre depuis des siècles dans leur alimentation.

« Recevoir une avoinée » est donc une métaphore. Le verbe « avoiner » signifie quant à lui « donner une correction à un individu ». Par extension, l'avoinée est devenue en langage familier « une série de coups ».

REPRENDRE DU POIL DE LA BÊTE

« Reprendre du poil de la bête » signifie « aller mieux après avoir été malade ».

De manière plus large, cela désigne une inversion de tendance, une prise d'avantage après avoir été en position de faiblesse.

À l'origine, le sens de l'expression était assez différent : on l'employait pour indiquer qu'il fallait chercher la solution dans ce qui avait provoqué le mal. Elle se fondait sur la croyance ancienne et populaire, très répandue, que les poils d'un animal qui venait de mordre une personne pouvaient être appliqués sur la blessure à des fins de guérison. Ils pouvaient être utilisés tels quels, prélevés directement sur la bête, ou bien réduits en cendres.

Il est encore possible de trouver trace de cette explication dans l'utilisation moderne de l'expression en ce qu'elle porte l'idée d'un ressaisissement, la nécessité de s'attaquer frontalement à la cause de ses tracas pour trouver une issue. Soigner le mal par le mal, en quelque sorte !

RESTER EN CARAFE

Celui qui « reste en carafe » est abandonné, oublié, laissé en plan. Cette expression date du XIXe siècle.

Dans le langage argotique, la carafe était la bouche ou la gorge, qui à l'instar de la carafe accueille des liquides variés. Mais cette partie de notre anatomie sert également à parler. Or quand les mots font défaut lors d'un discours ou d'une prise de parole quelconque, on peut rester bouche bée. Celui qui voudrait s'exprimer peut alors connaître un sentiment d'abandon. Le lien apparaît ainsi clairement entre la bouche, c'est-à-dire la carafe, et le fait d'être en plan.

Par la suite, on a employé ces termes en dehors du strict domaine de l'expression orale pour désigner toute personne laissée seule, par exemple dans le milieu cycliste, quand un coureur connaît une crevaison sans pouvoir être dépanné rapidement. Il peut même alors avoir l'air cruche !

ROULER SA BOSSE

On peut dire de ceux qui ont beaucoup voyagé, baroudé, vécu une existence aventureuse et vu un grand nombre de choses qu'ils ont « roulé leur bosse ».

On trouve la première trace de cette expression au XIXe siècle dans le monde maritime. Il s'agit d'une référence à une technique particulière utilisée pour enrouler puis ranger les cordages des bateaux. Ce geste devait être réalisé quotidiennement un grand nombre de fois, que ce soit en mer ou à quai. Dans tous les ports du monde, les marins roulaient ainsi les cordages pour en faire une boule ressemblant à une bosse.

Notons qu'une bosse est également une corde à nœuds. L'utilisation du terme « bosse » a donc potentiellement deux origines, sans qu'il soit possible de dire avec certitude laquelle a primé.

Progressivement, l'expression a désigné tout individu possédant une grande expérience dans un domaine déterminé.

« Le cousin Bruyère avait pas mal roulé sa bosse, c'était l'expression de grand-père. À vrai dire, Guy ne comprenait pas comment on pouvait dire ça du cousin Bruyère. D'abord il n'était pas bossu. Et puis on ne le voyait pas se roulant comme un clown. »

Louis Aragon, *Les Cloches de Bâle* (1934)

SORTIR DE DERRIÈRE LES FAGOTS

On dit que quelque chose sort de « derrière les fagots » pour souligner son caractère surprenant ou précieux.

Cette expression est apparue au XVIIIe siècle au sujet du vin.

Les bouteilles des meilleurs crus étaient conservées derrière des fagots de bois, afin de les protéger de la convoitise des visiteurs, mais aussi pour les maintenir dans des conditions optimales de conservation, y compris durant les rudes mois d'hiver. Ces fagots servaient par ailleurs à faire démarrer les feux dans les cheminées.

Quant aux bouteilles, elles étaient réservées aux grandes occasions – idée d'excellence et de rareté que l'expression évoque parfaitement encore de nos jours. Mais, progressivement, le sens de cette expression s'est élargi et diversifié au point de ne plus être strictement limité au domaine viticole : il permet aujourd'hui de mettre en évidence le caractère précieux de toute chose.

SOURD COMME UN POT

On ne connaît malheureusement pas avec certitude l'origine de l'expression « sourd comme un pot », qui date du XVIIIe siècle.

Certes, un pot peut avoir des anses qui ressemblent à des oreilles. Et comme il s'agit d'un objet, il est bel et bien inerte et sourd. C'est d'ailleurs la théorie émise par Walter Gottschalk en 1930.

Mais pour d'autres, il faut rapprocher cette expression du sens argotique du mot « pot », qui désigne le derrière, les fesses. Par extension, on serait donc « sourd comme un trou de balle ». Mais des incohérences de dates battent en brèche cette hypothèse.

Enfin, on dit qu'il s'agirait de la traduction très approximative de l'expression anglaise « *to be as deaf as a post* », qui signifie littéralement « être sourd comme un poteau ». Il semble d'ailleurs que cette dernière expression ait encore cours dans le sud de la France.

TOUCHER LE PACTOLE

Utilisée pour signifier « gagner beaucoup d'argent », cette expression trouve son origine dans la mythologie grecque.

Le roi Midas, personnage à moitié légendaire et roi de Phyrgie ayant régné de l'an 715 à 676 avant Jésus-Christ, reçut de Dionysos le don de transformer en or tout ce qu'il touchait.

Mais cette faculté en apparence fabuleuse se révéla être un cadeau empoisonné. En effet, Midas ne pouvait plus toucher ni sa nourriture ni ses enfants, sous peine de les voir eux aussi changés en or. Il implora donc Dionysos de le délivrer de ce don. Ce dernier lui indiqua qu'il devait pour cela se rouler dans le fleuve Paktolos (qui devint ensuite Pactole). Ce cours hérita de la faculté de tout changer en or, et des pépites d'or y roulèrent désormais en abondance.

Le fleuve fit plus tard la fortune du roi de la région dans laquelle il coulait. Un roi nommé... Crésus !

UNE VIE DE PATACHON

Qui mène « une vie de patachon » a une vie de débauche.

Au XVIIIe siècle, une patache était un bateau naviguant sur les fleuves dans le but de collecter l'impôt. Puis au siècle suivant, ce terme désigna les véhicules de mauvaise qualité, le plus souvent de vieilles diligences, inconfortables et désespérément lentes, transportant les moins fortunés.

Ses conducteurs, les patachons, étaient réputés pour leur vie dissolue, et les haltes dans les tavernes étaient très fréquentes. Ils buvaient beaucoup et s'arrêtaient pour passer du bon temps avec les filles dites « de petite vertu ». L'expression « mener une vie de patachon » a ainsi perduré à travers les siècles et s'est fixée dans la langue française pour désigner toute personne à la vie déréglée.

Le mot « patachon » est aussi utilisé dans certains domaines spécifiques avec un sens différent. Par exemple, dans le monde du rail, un patachon est un train de marchandises non prioritaire.

VIRER SA CUTI

« Virer sa cuti » consiste à changer radicalement de façon de penser, de mode de vie ou de comportement.

Cuti est l'abréviation de « cuti-réaction », test cutané consistant à observer la réaction de la peau au dépôt d'une substance. Le vaccin BCG destiné à lutter contre la tuberculose, administré aux enfants, était l'occasion d'observer cette cuti-réaction. « Virer sa cuti » consistait à voir apparaître une rougeur sur la peau confirmant l'action du vaccin. Quand la cuti vire, il y a un changement d'état cutané. L'expression utilisée au figuré fait donc bien référence à la modification d'un état originel.

Cette expression est parfois utilisée avec une connotation sexuelle pour souligner un changement d'orientation.

À noter qu'il existe un certain nombre d'expressions dans lesquelles on retrouve l'idée d'un revirement, par exemple « retourner sa veste », « changer de bord », « faire volte-face », « renverser la vapeur » ou encore « changer son fusil d'épaule », sans que celles-ci soient utilisées dans le domaine sexuel.

Annexes

INDEX

A

B

C

D

BIBLIOGRAPHIE

Bruant, Aristide et Bercy (de), Léon, *L'Argot au xxe siècle : dictionnaire français-argot*, Flammarion, 1901 ; Classiques Garnier, 2009.

Duneton, Claude, *Au plaisir des mots*, Balland, 2004 ; Points, collection « Le Goût des mots », 2011. *La Puce à l'oreille. Anthologie des expressions populaires avec leurs origines*, Stock, 1978 ; Le Livre de Poche, 1981.

Esnault, Gaston, *Le Poilu tel qu'il se parle*, Équateurs, 2014.

Furetière, Antoine, *Dictionnaire universel contenant généralement tous les mots françois (1690)*, Hachette Livre BNF, 2013.

Gaston, Delphine, *Nos 500 expressions préférées*, Larousse, 2013.

Grevisse, Maurice, *Le Français correct*, Duculot, 1973.

Guiraud, Pierre, *Dictionnaire des étymologies obscures*, Payot, 1982.

Henry, Gilles, *Petit Dictionnaire des expressions nées de l'Histoire*, Tallandier, 2003.

Maillet, Jean, *Donner de la confiture aux cochons. 365 expressions préférées de ma grand-mère*, Éditions de l'Opportun, 2015.

Oudin, Antoine, *Curiosités françoises, pour servir de complément aux dictionnaires, ou recueil de plusieurs belles propriétés, avec une infinité de proverbes et de quolibets pour l'explication de toutes sortes de livres*, Paris, 1640 ; Rouen 1649, 1656.

Rey, Alain et Chantreau, Sophie, *Dictionnaire d'expressions et locutions*, Le Robert, 2003.

L

M

N-O

P

Q

DÉCOUVREZ LE MEILLEUR DES ASTUCES DE GRANDS-MERES.NET !

Santé, vie pratique, beauté...
Plus de 900 solutions naturelles, simples et efficaces
pour vous faciliter la vie au quotidien !

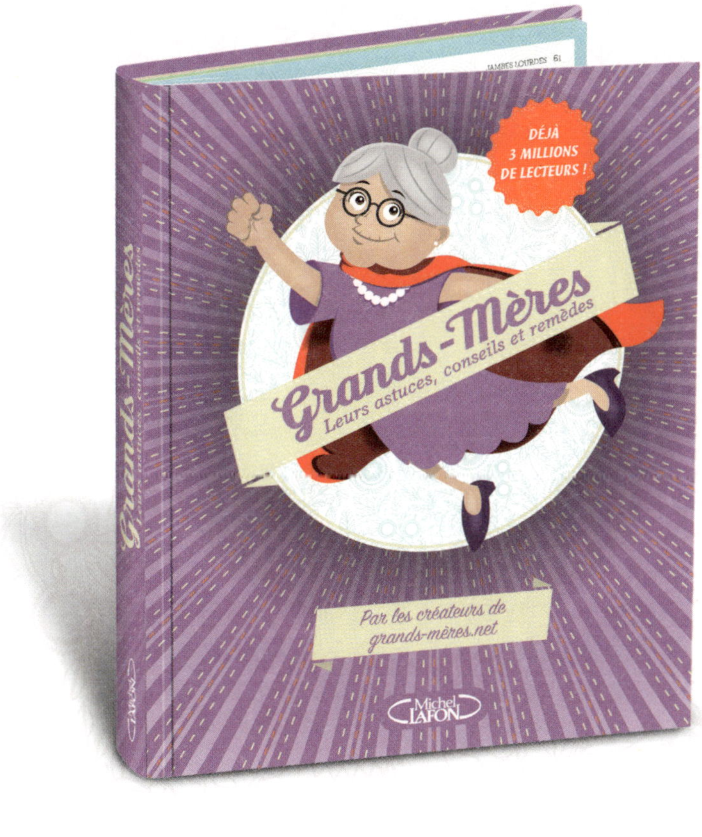

Disponible chez votre libraire, sur les librairies en ligne et sur www.gdme.re/livres

REMERCIEMENTS

Nos remerciements vont à L.G., sans qui ce projet n'aurait jamais vu le jour ; à Marion, pour ses idées bouillonnantes ; à Fabrice, pour sa créativité fédératrice ; aux équipes des éditions Michel Lafon, qui accompagnent nos projets.

Et enfin, des milliers de mercis aux lecteurs fidèles qui suivent nos chroniques des expressions populaires sur *grands-meres.net*.

TEXTES
grands-meres.net

ILLUSTRATIONS
GRANDS-MÈRES : Tous droits réservés eMarketPlace SAS
Création : Mediapilote • Adaptation : Fabrice Haesselbacher

CONCEPTION ET RÉALISATION
Fabrice Haesselbacher

DIRECTION D'OUVRAGE
Marion Salort & Marie Dreyfuss

FABRICATION
Christian Toanen & Nikola Savic

© Éditions Michel Lafon, 2017 • 118, boulevard Achille-Peretti - CS 70024 • 92521 Neuilly-sur-Seine Cedex

Achevé d'imprimer en Espagne par Macrolibros • Dépôt légal : septembre 2017 • ISBN : 978-2-7499-3370-2 • LAF 2441